de
otros
mundos

Ensayos sobre literatura y fantasía

de
otros
mundos

C. S. Lewis

GRUPO NELSON
Desde 1798

Traducción: *Amado Diéguez Rodríguez* y *Alejandro Pimentel*
Adaptación del diseño al español: *Setelee*

ISBN: 978-0-84070-915-8
eBook: 978-0-84070-917-2

Número de control de la Biblioteca del Congreso: 2022936878

CONTENIDO

SEGUNDA PARTE: RELATOS

PREFACIO

«No hay taza de té lo suficientemente grande ni libro lo bastante largo para saciarme», dijo C. S. Lewis, un comentario que casi podría servir de epígrafe a esta breve recopilación. Desde luego hablaba en serio, porque en ese preciso momento yo le servía el té en una enorme taza de cerámica de Cornualles y estaba leyendo *Casa desolada*.

Creo que esta pequeña anécdota sugiere un tema para este libro: la excelencia de las historias. Sobre todo las historias que llamamos cuentos de hadas y de ciencia ficción, ambas muy apreciadas por Lewis. En los nueve ensayos que conforman la primera parte de este libro, analiza ciertas cualidades literarias que, a su juicio, los críticos descuidan. También —algo poco habitual en él— habla un poco de sus *Crónicas de Narnia*[1] y de su trilogía de ciencia ficción. De hecho, me ha parecido tan

---

1. Son siete cuentos de hadas que, según Lewis, deben leerse en el siguiente orden: *El sobrino del mago* (1955), *El león, la bruja y el ropero* (1950), *El caballo y el muchacho* (1954), *El príncipe Caspian* (1951), *La travesía del Viajero del Alba* (1952), *La silla de plata* (1953), *La última batalla* (1956).

importante preservar todo lo que Lewis ha escrito sobre su propia ficción que he considerado justificada su publicación, aun sabiendo que hay varias partes que se solapan. A continuación de los ensayos se incluyen tres relatos cortos de ciencia ficción (hasta donde sé, son los únicos relatos breves que se le han publicado a Lewis), así como los cinco primeros capítulos de una novela que estaba escribiendo en el momento de su muerte.

Los relatos que Lewis escribió (creo) entre los seis y los quince años, trataban sobre su país inventado de Animalandia y las bestias antropomórficas que lo habitan. Su hermano tenía, como país propio, la India. Para hacerla un mundo en común, sacaron la India de su sitio en el mundo real y la convirtieron en una isla. Entonces, dado el fuerte impulso sistematizador de ambos muchachos, Animalandia y la India se unieron para formar el estado de Boxen. Pronto aparecieron en los mapas de Boxen las principales rutas de trenes y barcos de vapor. La capital, Murray, tenía su propio periódico, *The Murray Evening Telegraph*. Y así, de un desván lleno de juguetes infantiles surgió un mundo tan consistente y autosuficiente como el de la *Ilíada* y las novelas de Barsetshire.

Hay bastantes relatos e historias de Boxen (inéditos) escritos en cuadernos de rayas con una letra grande y pulcra, e ilustrados con sus propios dibujos y acuarelas. Las primeras leyendas del rey Arturo y su corte aumentaron hasta incluir los romances de distintos caballeros de la Mesa Redonda a nivel individual. Una lectura sistemática de los relatos boxonianos de principio a fin (que, aunque parezca mentira, abarca más de setecientos años) revela un tipo de crecimiento similar. Al principio, el interés principal de Lewis era trazar la historia de Boxen; pero una vez convertida en una creación completada, se dedicó a escribir novelas en las que cobraban protagonismo los personajes principales, aunque algunos eran poco más que mencionados en las historias.

La obra maestra de Lewis, y obviamente el personaje que más le gustaba, es Lord John Big. Esta noble rana ya es el Pequeño Maestro, es decir, el Primer Ministro, cuando nos la encontramos en *Boxen: or Scenes from Boxonian City Life* (Boxen: o Escenas de la vida en la ciudad de Boxen, en dos volúmenes completos con Lista de Contenidos, Lista de Ilustraciones y Frontispicio). Más tarde cuenta con su propia historia: *The Life of Lord John Big of Bigham by C. S. Lewis in 3 Volumes* publicada por «Leeborough Press». Los títulos son evidencia de que a Lewis le gustaba también el proceso de *confección* de los libros. En la hoja suelta de un librito se ve el dibujo de la cabeza de un ratón con lentes, entre las palabras «Marca registrada».

Boxen tiene mucho que admirar. Lord Big es, en efecto, una rana de gran personalidad, y me parece casi tan inolvidable como el ratón Reepicheep o Charcosombrío, el duendecillo de las historias de Narnia (que eran, por cierto, los favoritos de Lewis). En ninguna página de sus escritos infantiles se ve la menor evidencia de que el autor haya tenido que esforzarse para meter «relleno» en sus tramas, que son realmente buenas y parecen escribirse solas. Y el sentido del humor, inseparable de la historia, es inequívocamente el de Lewis.

Pero, como el mismo Lewis admite,[2] En Boxen no hay nada de poesía y romance. Creo que los lectores de los libros de Narnia se asombrarían al ver lo prosaico que es. Creo que esto se debe principalmente a su deseo de ser muy «adulto». Él mismo dice: «Cuando empecé a escribir historias en cuadernos escolares, trataba de posponer todas las cosas que de verdad quería escribir hasta al menos la segunda página; pensaba que no parecería un libro para adultos si se ponía interesante de inmediato».[3] Sobre todo, los escritos boxonianos están plagados, entre otras cosas, de política, algo que más tarde Lewis llegó a detestar. Al fin y al cabo, fueron unas cadenas para él por mucho tiempo. Todos los personajes de *Scenes from Boxonian City Life* ocupan su lugar en la «camarilla», aunque ninguno de ellos, ni siquiera el autor, parece tener una idea clara de lo que es una «camarilla». Y no nos sorprende, ya que, dado que Lewis quería que sus personajes fueran «adultos», los hacía interesarse en asuntos «adultos». La política, dice su hermano, era un tema del que casi siempre oía

2. *Surprised by Joy: The Shape of My Early Life* (1955), p. 22 [en español, existen varias ediciones, como por ejemplo, *Cautivado por la alegría* (Nueva York: Rayo, 2006)].
3. «Peace Proposals for Brother Every and Mr Bethell», *Theology*, vol. XLI (diciembre 1940), p. 344.

discutir a sus mayores. Por cierto, *no* hay niños en ninguna de estas historias.

Hay una frase de uno de sus escritos infantiles que apunta al futuro cronista de Narnia y amante del «país de las hadas». Se encuentra en *The Life of Lord John Big of Bigham*,[4] donde Lewis pone en boca del Pequeño Maestro estas palabras: «Que diga lo que quiera, en el corazón de todos los hombres existe una muy arraigada resistencia al cambio, un amor a las viejas costumbres, por su antigüedad, que ni el tiempo ni la eternidad pueden borrar».

Aún queda otra comparación. Lewis, de niño, parece haber tenido poco interés en la naturaleza de las bestias como tales. En los cuentos de Boxen son poco más que «animales vestidos» y, sin la ayuda de las ilustraciones, a uno le puede resultar difícil recordar que Don Juan es una rana, James Bar un oso, Macgoullah un caballo, etc. Son como los sirvientes, compañeros de juego y bufones que nos encontramos en Narnia, donde hay «colas en movimiento, ladridos, bocas abiertas y babeantes y hocicos de perros que les lamían las manos» (*La silla de plata*, p. 154).[5] Cuando el príncipe Caspian visita la casa del árbol de los tres Osos Barrigudos, le responde desde dentro una «especie de voz amortiguada»; y cuando los

---

4. Que podría traducirse como *La vida de Don Juan Grande de Grandonia* [N. del E.].
5. Las referencias de los libros de las *Crónicas de Narnia* corresponden a las respectivas ediciones de Rayo, 2006.

osos salen «parpadeando» saludan al príncipe con «besos muy húmedos y resollantes» y le ofrecen un poco de miel (*Príncipe Caspian*, p. 96). Y Batallador, que es tan aficionado como cualquier otro caballo a los terrones de azúcar, deja de revolcarse en la hierba y se levanta «resoplando con fuerza y cubierto de trozos de helecho» (*El caballo y el muchacho*, p. 261).

Sin embargo, en algunos lugares de sus escritos infantiles encontramos esa encantadora mezcla de bestia y hombre —que Lewis llamaría «cortesía del Edén»— tan característica de sus cuentos de hadas. El vizconde Puddiphat, artista de *music-hall*, es despertado por su ayuda de cámara (la cursiva es mía):

> Cierta mañana de primavera, el ayuda de cámara del vizconde había entrado en la alcoba de su señor con una taza de chocolate y el periódico matutino bien doblado. Apenas resonó su paso en el piso, *una masa de plumas se agitó en la gran cama, y el búho se levantó sobre el codo, con los ojos parpadeantes.*

Los elementos propios de las hadas están ausentes en Animalandia, pero eso no prueba que Lewis tuviera que ocultar su interés por los cuentos de hadas. Al fin y al cabo, hay diferencias de *tipo* y no sería bueno obligarlas a entrar en competencia. Lewis escribió otro romance (inédito) sobre el doctor Ransom que cae, cronológicamente, entre *Más allá del planeta silencioso* y *Perelandra*. En contra de lo que cabría esperar, su tema no es teológico. Sin embargo, hay una verdad que me llama la atención al comparar Boxen y Narnia: Boxen lo inventó un niño que quería ser «adulto»; los cuentos «nobles y alegres» de Narnia los creó alguien liberado de ese deseo. Uno se pregunta qué otros frutos habrían dado las dotes literarias de Lewis si no hubiera superado el escollo moderno de que la literatura fantástica es —en un sentido despectivo— «infantil». Por supuesto, nunca podremos saberlo: lo importante es que lo superó.

Al presentar estos ensayos y relatos debo mostrar al mismo tiempo mi agradecimiento a todos los que me han permitido reimprimir algunos de los ensayos de este libro.

«Sobre la historia o fábula» se publicó inicialmente en *Essays Presented to Charles Williams* (1947). Fue leído el 14 de noviembre de 1940, en una versión ligeramente más extensa, ante una sociedad literaria estudiantil del Merton College. Llevaba por título «The Kappa Element in Romance». «Kappa» está tomado del griego *kryptón*, y significa «el elemento oculto».

C. S. Lewis leyó «Tres formas de escribir para niños» ante la Library Association, que lo publicó en sus *Proceedings, Papers and Summaries of Discussions at the Bournemouth Conference 29th April to 2nd May 1952*.

«A veces los cuentos de hadas dicen mejor lo que hay que decir» apareció por vez primera en *The New York Times Book Review* el 18 de noviembre de 1956.

«El gusto infantil» fue publicado en el *Children's Book Supplement* del *Church Times* del 28 de noviembre de 1958.

«Todo comenzó con una imagen...» ha sido recogido de la edición de *Radio Times* del 15 de julio de 1960.

«Sobre la crítica», que el autor escribió en el último período de su vida, apareció por vez primera en *Of Other Worlds.*

«Réplica al profesor Haldane», también publicada por primera vez, es una réplica al artículo J. B. S. Haldane «Auld Hornie, F. R. S.», que J. B. S. Haldane publicó en el número de otoño de 1946 de *Modern Quarterly*, donde el autor critica la trilogía de ciencia ficción de Lewis: *Más allá del planeta silencioso, Perelandra* y *Esa horrible fortaleza.* Sin embargo, no he creído necesario reimprimir el artículo del profesor Haldane, ya que Lewis deja el argumento bastante claro. Además, el principal valor de la respuesta de Lewis no está en su aspecto polémico, sino en la valiosa luz que arroja sobre sus propios libros.

«Territorios irreales» es una conversación informal sobre ciencia ficción entre Lewis, Kingsley Amis y Brian Aldiss. La grabó en cinta Brian Aldiss, en las habitaciones de Lewis en el Magdalene College, el 4 de diciembre de 1962. Se publicó por primera vez con el título «El *establishment* debe morir y pudrirse...» en *SF Horizons,* nº 1 (primavera de 1964) y más tarde como «Territorios irreales» en *Encounter,* vol. XXIV (marzo de 1965).

«Las tierras falsas», un relato breve, apareció por primera vez en *The Magazine of Fantasy and Science Fiction*, vol. X (febrero de 1956).

Su siguiente relato, «Ángeles ministradores», lo motivó el artículo del doctor Robert S. Richardson «The Day After We Land on Mars» (El día después de aterrizar en Marte», publicado en *The Saturday Review* del 28 de mayo de 1955). El artículo del doctor Richardson contiene la predicción de que «si los viajes espaciales y la colonización de los planetas llegan a ser posibles a una escala suficientemente grande, parece probable que nos veamos obligados a tolerar primero y al final aceptar abiertamente una actitud hacia el sexo que en nuestro esquema social de hoy es tabú... Dicho sin rodeos, ¿no sería necesario para el éxito del proyecto enviar regularmente a Marte algunas chicas bonitas para aliviar las tensiones y elevar la moral?».[6] Lewis se vale del tema en «Ángeles ministradores», que se publicó originalmente en *The Magazine of Fantasy and Science Fiction*, vol. XIII (enero de 1958).

«Formas de cosas desconocidas» es la primera vez que se publica.

Después de diez años es una novela inacabada que Lewis comenzó en 1959. Aunque nunca abandonó la idea de concluirla, no se le ocurría cómo continuar la historia. Lewis enfermó gravemente en 1960 y vivió en

---

6. Robert S. Richardson, «The Day After We Land on Mars», *The Saturday Review*, vol. XXXVIII (28 mayo 1955), p. 28.

una situación de relativo malestar hasta su muerte en 1963. Esto puede explicar en parte su incapacidad para «ver imágenes», que era su forma habitual de inspirarse para escribir historias. Para una obra académica como *La imagen del mundo*, solía escribir varios borradores, pero para una de ficción le bastaba con uno solo. Y, por lo que sé, solo escribió un borrador de *Después de diez años*, que se publica aquí por primera vez. Lewis no dividió el fragmento en partes (ni le dio un título); pero, como cada «capítulo» parece escrito en un momento diferente, he decidido mantener estas divisiones más bien naturales. Hay que advertir al lector que el capítulo V no sigue en realidad al IV. Lewis estaba adelantando el final de la novela, y si la hubiera completado, habría habido muchos capítulos entre el IV y el V.

Lewis habló de esta obra con Roger Lancelyn Green, autor y antiguo alumno de Lewis, y con el doctor Alastair Fowler, miembro del Brasenose College, y les he pedido que escriban sobre la conversación que mantuvieron con él. Sin embargo, la naturaleza del relato hace que sea mejor que el lector no vea las notas de Green y Fowler hasta el final.

Tengo que agradecer a la doctora Austin Farrer, a Owen Barfield y al profesor John Lawlor la ayuda que me han prestado en la preparación de este volumen. También agradezco a Roger Lancelyn Green y al doctor Alastair Fowler sus notas sobre *Después de diez años*. También debo dar las gracias a mi amigo Daryl R. Williams por su minuciosa corrección de pruebas. Al mayor W. H. Lewis le debo el placer de editar los ensayos y relatos de su hermano.

Walter Hooper
Octubre 1965
Wadham College, Oxford

PRIMERA PARTE
ENSAYOS

I

SOBRE LA HISTORIA O FÁBULA

RESULTA ASOMBROSO QUE los críticos hayan prestado tan poca atención a la historia o fábula considerada en sí misma. Dando esta por supuesta, del estilo, del orden de los elementos y, sobre todo, de la descripción de los personajes se ha hablado abundantemente. Sobre la propia historia o fábula, es decir, sobre la sucesión de los acontecimientos imaginados, se pasa casi siempre de puntillas y, cuando no, se trata de ella exclusivamente en la medida en que ofrece una oportunidad para el dibujo de los personajes. Hay, sin embargo, tres excepciones notables. En su *Poética*, Aristóteles elaboró una teoría sobre la tragedia griega que sitúa la fábula en el lugar más prominente y relega al personaje a un papel estrictamente subordinado. En la Edad Media y en el primer Renacimiento, Bocaccio y otros desarrollaron una teoría alegórica de la fábula para explicar los mitos antiguos. Y en nuestra época, Jung y sus seguidores han formulado la doctrina de los arquetipos. Aparte de estas tres tentativas, el tema apenas se ha tratado, lo cual ha tenido una curiosa consecuencia: sobre aquellas formas de literatura en que la historia o fábula existe meramente como un medio para algún otro fin —por ejemplo, la novela de costumbres, en que la fábula existe en función de los personajes o de la crítica de las condiciones sociales— se ha hecho plena justicia; en cambio, de aquellas otras formas en las que todo lo demás está en función de la fábula apenas nadie se ha ocupado en serio. No solo se las ha despreciado como si no fueran apropiadas más que para niños, sino que, en mi opinión, incluso el tipo de diversión que nos ofrecen se ha entendido mal. Es esta segunda injusticia la que estoy más impaciente por remediar. Quizá la fábula ocupe un lugar tan bajo en la escala de la diversión como dice la crítica moderna. Es algo que yo no suscribo, pero en este punto admito que se puede disentir. No obstante, intentemos dilucidar de qué clase de diversión se trata, o, más bien, qué diversiones de distinto tipo puede haber. Porque sospecho que en este tema se ha hecho alguna asunción apresurada. Creo que los libros que se leen exclusivamente «por la historia» pueden disfrutarse de dos maneras muy distintas. Es, por una parte, cuestión de libros (algunas historias pueden leerse solo desde un punto de vista y otras solo desde el opuesto) y, por otra, de lectores (la misma historia se puede leer de varias formas).

Lo que finalmente me convenció de esta distinción fue una conversación que tuve hace algunos años con un inteligente alumno estadounidense. Estábamos hablando de los libros que habían solazado nuestra infancia. Su autor favorito había sido Fenimore Cooper, a quien (qué casualidad) yo no había leído. Me describió una escena, en particular, en la que hallándose el protagonista en mitad del bosque, echado ante la hoguera de un vivac y medio dormido, un piel roja armado con un *tomahawk* se acercaba a él por detrás, reptando y sin hacer el menor ruido. Mi amigo recordaba la emoción con que había leído aquel pasaje, el agónico suspense con que se preguntaba si el héroe reaccionaría a tiempo o no. En cambio yo, recordando los grandes momentos de mis primeras lecturas, estaba seguro de que mi amigo interpretaba mal lo que le había sucedido y de que, en realidad, no reparaba en lo principal. No tengo la menor duda, me dije, de que no son ni la pura emoción, ni el suspense los que le hacen volver una y otra vez a Fenimore Cooper. Si era esto lo que buscaba, «la sangre de cualquier otro» le habría servido igual. Procuré expresar con palabras mis pensamientos. Le pregunté si estaba seguro de no conceder demasiada relevancia y aislar falsamente la importancia del peligro por el puro peligro. Porque, aunque yo no había leído a Fenimore Cooper, había disfrutado con otros libros «de pieles rojas» y sabía que lo que buscaba en ellos no era solo la «emoción». Los peligros, por supuesto, eran necesarios, ¿de qué otro modo puede progresar una historia? Pero debían ser, en consonancia con lo que inducía al lector a leer un libro como aquel, peligros de piel roja. Lo que realmente importaba de ellos era su «cualidad de piel roja». Si a una escena como la que había descrito mi amigo le quitamos las plumas, los pómulos marcados y los pantalones con flecos, y sustituimos el *tomahawk* por una pistola, ¿qué nos queda? Porque lo que me atraía de la historia no era solo el suspense momentáneo, sino el mundo completo al que pertenecía: la nieve, las raquetas de nieve, los castores, las canoas, las pipas de la paz, los tipis, los nombres hiawatha, etc. Hasta aquí mi razonamiento. Pero entonces surgió la discusión. Mi alumno, que es un hombre muy lúcido, se percató al instante de lo que yo quería decir y comprendió que la vida imaginativa de su infancia había sido muy distinta de la mía. Me respondió que estaba completamente seguro de que «todo eso» no había intervenido en modo alguno en su diversión. En realidad, «todo eso» le había importado un comino. De hecho, al oír esto me sentí igual que si estuviera charlando con alguien venido de otro planeta; lamentaba profundamente que distrajera su atención de lo principal. En todo caso, en lugar de al piel roja habría preferido un peligro más ordinario como, por ejemplo, el de un granuja armado con un revólver.

A aquellos que tengan experiencias literarias parecidas a la mía probablemente les baste el ejemplo que acabo de poner para comprender que intento establecer una distinción entre dos tipos de diversión. Pero, para que esa distinción quede doblemente clara, añadiré otro ejemplo. En cierta ocasión me llevaron a ver una versión cinematográfica de *Las minas del rey Salomón*. De sus muchos pecados —de los cuales la introducción de una joven completamente irrelevante, que vestía pantalones cortos y acompañaba a los tres aventureros allí adonde iban no era el menor—, ahora solo nos concierne uno.

Como todos recordarán, al final del libro de Haggard los protagonistas esperan la muerte sepultados en una cámara excavada en la roca, donde están rodeados por los reyes momificados del país en que se encuentran. Al parecer, el autor de la versión fílmica encontró esta situación algo sosa, así que la sustituyó por una erupción volcánica subterránea, y aun fue más allá añadiéndole un terremoto. Quizá no debamos culparle a él. Quizá la escena del original no resultaba «cinematográfica» y el hombre, de acuerdo con los cánones de su arte, hizo bien en modificarla. Pero en ese caso habría sido mejor no haber escogido una historia que solo se podía adaptar a la pantalla echándola a perder. Echándola a perder al menos para mí. Sin duda, si a una historia no le pides otra cosa que emoción y si, cuando aumentas los peligros, aumentas la emoción, dos peligros distintos que acontecen en rápida sucesión (el de morir abrasados y el de ser aplastados por las rocas) son mejores que la única y prolongada amenaza de morir de hambre en una cueva. Pero esa es precisamente la cuestión. Tiene que haber en tales historias un placer distinto a la mera emoción o yo no sentiría que me están engañando cuando me ofrecen un terremoto en lugar de la escena que escribió Haggard. Lo que pierdo es la «sensación» de la muerte (muy distinta del simple «peligro» de muerte): el frío, el silencio y los muertos antiguos con cetro y corona cuyos rostros rodean a los protagonistas. El lector puede aducir, si le place, que la escena que plantea Rider Haggard es tan «cruda», «vulgar» o «efectista» como la que han

7

escogido en la película para sustituirla, pero no estoy hablando de eso. Lo que importa es que es distinta. La primera desliza un callado hechizo en la imaginación; la segunda excita un rápido aleteo de los nervios. Al leer el capítulo de la obra de Haggard, la curiosidad o el suspense en torno a la huida de los héroes de su trampa mortal no desempeñan más que un papel menor en la experiencia del lector. La trampa la recordaré siempre, mientras que la forma en que escaparon de ella la he olvidado hace tiempo.

Tengo la impresión de que al hablar de esos libros en los que «solo importa la historia» —es decir, de esos libros que se ocupan principalmente del acontecimiento imaginado y no del personaje o de la sociedad—, casi todos dan por sentado que la «emoción» es el único placer que proporcionan o pretenden proporcionar. En este sentido, podría definirse la *emoción* como la alternancia entre la tensión y el apaciguamiento de una ansiedad imaginada. Pero es esto lo que, según mi opinión, no es verdad. En algunos de esos libros, y para algunos lectores, interviene otro factor.

Por decirlo con la mayor modestia, sé que interviene algo más, al menos para un lector: yo mismo. A fin de aportar pruebas, debo en este punto recurrir a lo autobiográfico. He aquí a un hombre que ha pasado más horas de las que puede recordar leyendo relatos de aventuras y que ha obtenido de ellos más diversión de la que acaso habría debido. Conozco la geografía de Tormance mejor que la de Tellus. He sentido más curiosidad por los viajes de las Tierras Altas a Utterbol y de Morna Moruna a Koshtra Belorn que por los que relata Hakluyt. Aunque conozco las trincheras de Arrás, no podría ofrecer sobre ellas una lección táctica tan precisa como sobre la muralla de Troya o el Escamandro o la puerta Escea. Como historiador social estoy más ducho en el Salón del Sapo y el Bosque Salvaje o en los selenitas y en las cortes de Hrothgar y Vortigern que en Londres, Oxford o Belfast. Si amar las historias es amar la emoción, entonces no debe de haber en el mundo mayor amante de la emoción que yo. Y, sin embargo, no encuentro atractivo alguno en la que, según dicen, es la novela más «emocionante» del mundo: *Los tres mosqueteros*. Su falta absoluta de ambientación me repele. El campo no aparece en todo el libro, salvo como depósito de posadas y emboscadas. Del tiempo atmosférico no se habla. Cuando la acción se traslada a Londres, no se transmite la menor sensación de que esta ciudad sea distinta a París. No hay ni un momento de respiro entre «aventura» y «aventura», así que uno tiene que ir siempre con el hocico cruelmente pegado al suelo. Para mí, todo eso no significa nada. Si es a eso a lo que la gente se refiere cuando habla de «novela de aventuras», entonces detesto la novela de aventuras y prefiero, con mucho, a George Eliot o a Trollope. No obstante, al decir esto no pretendo criticar *Los tres mosqueteros*. Creo en la sinceridad de quienes afirman que se trata de una historia magnífica. Estoy seguro de que mi incapacidad para apreciarla es un defecto y una desgracia. Pero esa desgracia es una prueba. Del hecho de que a un hombre sensible —tal vez hipersensible— a la novela de aventuras no le guste una novela que es, por aclamación, la novela de aventuras más «emocionante» de cuantas se han escrito se deduce que la «emoción» no es el único placer que puede extraerse de una novela de aventuras. Si a alguien le encanta el vino, pero detesta uno de los vinos más fuertes, ¿no ha de deducirse que el alcohol no puede ser la única fuente de placer en lo que al vino se refiere?

Si en esto que digo soy el único, entonces el presente artículo no tiene mayor interés que el autobiográfico. Pero estoy seguro de que no estoy completamente solo. Escribo pensando en la posibilidad de que otros puedan sentir lo mismo y con la esperanza de ayudarles a entender sus sensaciones.

Recordemos el ejemplo de *Las minas del rey Salomón*. En mi opinión, cuando el productor de la película sustituyó en el clímax un tipo de peligro por otro, echó a perder la historia. Ahora bien, si la emoción fuera lo único que cuenta, el tipo de peligro debería ser irrelevante, solo el grado de peligro importaría. Cuanto mayor el peligro y menores las posibilidades de escape del protagonista, más emocionante sería la historia. Y sin embargo, cuando nos interesa ese «algo más», esto no es así. Peligros distintos tocan cuerdas diferentes de nuestra imaginación. Incluso en la vida real hay peligros de distintas clases que dan lugar a miedos muy distintos. Puede llegar un momento en que el miedo sea tan grande que tales distinciones se desvanezcan, pero esa es otra cuestión. Existe un miedo que es hermano gemelo del estupor, como el que siente un hombre en tiempo de guerra cuando oye por primera vez el fragor de los cañones; hay otro miedo hermano gemelo de la repugnancia, como el que experimenta un hombre al encontrar una serpiente o un escorpión en su dormitorio. Hay miedos tensos y estremecidos (durante una décima de segundo apenas son discernibles de algunas emociones placenteras) como los que un hombre puede sentir sobre un caballo peligroso o en medio de un mar embravecido; y, cómo no, hay miedos densos, planos, paralizantes e inertes, como los que tenemos cuando creemos padecer cáncer o cólera. Hay también miedos que nada tienen que ver con el *peligro*, como el miedo que nos produce un insecto enorme y horrendo pero inocuo, o el miedo a los fantasmas. Todos estos miedos existen, en efecto, incluso en la vida real. En la imaginación, donde el miedo no se transforma en terror ni podemos descargarlo en la acción, la diferencia cualitativa es aún mayor.

No consigo recordar un tiempo en que el miedo no estuviera, siquiera vagamente, presente en mi conciencia. *Jack Matagigantes* no es simplemente la historia de un chico listo que supera todos los peligros. Es, en esencia, la historia de un chico que supera el *miedo a los gigantes*. Es bastante fácil pergeñar una historia en la que, aunque los enemigos sean de un tamaño normal, Jack se encuentre en una situación tan desfavorable como en el cuento, pero sería una historia muy distinta. Las características de la respuesta imaginativa vienen determinadas por el hecho de que los enemigos de Jack son gigantes. De su peso, de su monstruosidad, de su rudeza, depende toda la narración. Conviértala el lector en música y apreciará la diferencia de inmediato: si el villano de su composición es un gigante, su orquesta anunciará su entrada de una manera, si no lo es, la anunciará de otra. Yo he visto paisajes, sobre todo en las montañas de Mourne, que bajo una luz particular despiertan en mí la sensación de que un gigante podría asomar su cabeza tras las cumbres en cualquier momento. La naturaleza tiene algo que nos impele a inventar gigantes y nada más que gigantes. (Advierta el lector que Gawain se encontraba en el rincón noroeste de Inglaterra cuando *etins aneleden him*, es decir, cuando los gigantes le seguían *silbándole* desde los altos páramos. ¿Es coincidencia que Wordsworth se encontrase en los mismos lugares cuando oyó unas «respiraciones profundas que le perseguían»?). La peligrosidad de los gigantes, aunque importante, es secundaria. En algunos cuentos populares se habla de gigantes que no son peligrosos y, sin embargo, producen en nosotros el mismo efecto. Un gigante *bueno* es un personaje legítimo, pero es también un retumbante oxímoron de veinte toneladas de peso. La presión intolerable, la sensación de algo primitivo, salvaje y más terrenal que los humanos aún estarían en él.

Pero descendamos a un ejemplo de menor altura. ¿Están los piratas, más que los gigantes, exclusivamente para amenazar al protagonista? El velero que avanza hacia nosotros a toda velocidad puede ser un enemigo cualquiera: un español o un francés. Es fácil conseguir que ese enemigo cualquiera sea tan letal como un pirata. En el instante en que iza la bandera con la calavera y los huesos en cruz, ¿qué le ocurre exactamente a nuestra imaginación? Esa bandera significa, se lo aseguro, que, si nos alcanzan, habrá una lucha sin cuartel. Esta impresión, sin embargo, también podría conseguirse sin recurrir a la piratería. El efecto no consiste únicamente en aumentar el peligro, sino en la imagen completa de un enemigo que desprecia la ley, de unos hombres que han cortado todos sus lazos con la sociedad y, por así decirlo, se han transformado en una especie en sí mismos, una especie compuesta por hombres de extraños atavíos, de piel oscura, con pendientes; por hombres con un pasado que nosotros desconocemos, por los dueños de un tesoro impreciso que se encuentra oculto en una isla aún por descubrir. Para el lector infantil son, en realidad, casi tan míticos como los gigantes. A ese lector no se le cruza por la imaginación que un hombre —simplemente un hombre, como el resto de nosotros— puede ser pirata en algún momento de su vida y en otro no, o que solo una frontera muy difusa separa a un pirata de un contrabandista. Un pirata es un pirata y un gigante es un gigante.

Consideremos ahora la enorme diferencia que existe entre estar encerrado fuera y estarlo dentro o, si lo prefiere el lector, entre la agorafobia y la claustrofobia. En *Las minas del rey Salomón*, los protagonistas están encerrados dentro, y lo mismo imagina que le ocurre, de un modo mucho más terrible, el narrador de *El entierro prematuro*, de Poe, un relato que corta la respiración. Recuerdo el capítulo titulado «El señor Bedford solo», de *Los primeros hombres en la Luna*, de H. G. Wells. En él, Bedford se encuentra encerrado fuera, en la superficie de la Luna, justo cuando el largo día lunar llega a su fin... y con el día, el aire y el calor. Léalo desde el terrible momento en que el primer copo de nieve sorprende a Bedford haciéndole cobrar conciencia de su situación hasta el instante en que alcanza la «esfera» y su salvación. Luego, pregúntese si lo que ha experimentado lo ha provocado solo el suspense.

«Sobre mí, a mi alrededor, cerniéndose sobre mí, estrechándose contra mí, cada vez más cerca, estaba lo Eterno [...] la Noche final e infinita del espacio». Esa es la idea que ha captado su atención y le ha mantenido en vilo. Al lector no solo le preocupa que el señor Bedford vaya a vivir o a morir congelado: esta es, en realidad, una idea accesoria. Se puede morir de frío entre la Polonia rusa y la nueva Polonia y también yendo a la Luna; el dolor es el mismo. Si el propósito es matar al señor Bedford, que la noche del espacio sea «final e infinita» es algo casi enteramente ocioso: lo que de acuerdo a las magnitudes cósmicas es un cambio infinitesimal de temperatura basta para matar a un hombre y el cero absoluto poco puede añadir a este hecho. La oscuridad exterior y sin aire es importante no por lo que le puede hacer a Bedford, sino por lo que nos hace a nosotros: preocuparnos con el viejo temor de Pascal a esos silencios eternos que han minado tantas fes religiosas y hecho añicos tantas esperanzas humanísticas; evocar con ellas y a través de ellas todos nuestros recuerdos ancestrales e infantiles de exclusión y desolación; presentar, de hecho, como algo instituido un aspecto permanente de la experiencia humana.

Y con esto, espero, llegamos a una de las diferencias que separan el arte de la vida. Es muy poco probable que un hombre que en la realidad se encontrase en la situación de Bedford llegara a sentir con tanta agudeza la soledad sideral que este experimenta. La cercanía inmediata de la muerte le impediría pensar en el objeto contemplativo: no tendría ningún interés en los muchos grados de frío creciente que pudieran quedar por debajo de ese en el que su supervivencia resultaría ya imposible. Esta es una de las funciones del arte: mostrar lo que las estrechas y desesperadamente prácticas perspectivas de la vida real excluyen.

Algunas veces me he preguntado si la «emoción» no será un elemento en realidad hostil a la imaginación más profunda. En las malas novelas de aventuras, como las que publican las revistas norteamericanas de «ficción científica», se encuentran con frecuencia ideas realmente sugestivas. Sin embargo, el autor no tiene más recursos para hacer avanzar la historia que el de enfrentar a su protagonista a todo tipo de peligros virulentos. Pero en el frenesí de su huida, la novela pierde la poesía que su idea básica pudiera tener. De un modo mucho más tenue, creo que esto es lo que le ha ocurrido al propio Wells en *La guerra de los mundos*. Lo que de verdad importa en esa historia es la idea de verse atacado por algo profundamente «ajeno». Como en *Piers Plowman*, la destrucción nos llega «de los planetas». Si los invasores marcianos no son más que unos seres peligrosos —y si de ellos nos preocupa sobre todo el hecho de que puedan *matarnos*—, lo cierto es que un ladrón o un bacilo pueden ser tan peligrosos como ellos. El verdadero nervio de la historia se nos revela cuando el protagonista se acerca a ver por vez primera el proyectil recién caído en Horsell Common. «El metal blanco amarillento que brillaba en la fisura que había entre la tapa y el cilindro era de un tono que no me resultaba familiar. *Extraterrestre* carecía de significado para la mayoría de los presentes». *Extraterrestre* es la palabra clave del relato. Sin embargo, y pese a que están elaborados de un modo excelente, en los horrores posteriores perdemos la sensación que evoca la palabra. De igual modo, en *Sard Harker*, del poeta laureado John Masefield, es el viaje a través de las Sierras lo que realmente importa. Que el hombre que oyó aquel ruido en el cañón —«No podía pensar qué era. No era ni triste, ni alegre, ni terrible. Era grandioso y extraño. Era como si la roca hablase»— corriera más tarde peligro de ser asesinado es casi una impertinencia.

Es aquí donde Homero demuestra su suprema excelencia. El desembarco en la isla de Circe, la visión del humo que asciende de entre los bosques ignotos, el dios que nos saluda («el mensajero, el asesino de Argos»), ¡qué anticlímax si todo esto fuera tan solo el preludio de algún peligro ordinario! Pero el peligro que acecha, el silencioso, indoloro e insoportable cambio a la brutalidad, es digno del decorado. Walter de la Mare también ha superado esta dificultad. La amenaza lanzada en el párrafo inicial de sus mejores relatos rara vez se cumple en forma de acontecimiento identificable, pero ni mucho menos se disipa. En cierto sentido, nuestros temores nunca se materializan y, sin embargo, abandonamos la historia con la sensación de que no solo esos temores, sino muchas más cosas, estaban justificados. Pero quizás el logro más notable en este aspecto sea el de *Viaje a Arcturus*, de David Lindsay. El lector experimentado, consciente de las amenazas y promesas del capítulo inicial, y disfrutándolas sin duda con gratitud, está seguro de que no se pueden cumplir. En los relatos de este tipo el primer capítulo es casi siempre el mejor, se dice para apaciguar su decepción. El Tormance al que lleguemos, reflexiona, será menos interesante que el Tormance que se ve desde la Tierra. Y, sin embargo, nunca se habrá equivocado tanto. Sin ayuda de ninguna habilidad especial, sin un gusto profundo por el lenguaje siquiera, el autor nos arrastra a una escalada de acontecimientos impredecibles.

En cada capítulo tenemos la impresión de haber llegado al que parece su estadio definitivo y en cada capítulo esa impresión es errónea. Lindsay construye mundos llenos de imaginería y pasión: cada uno de ellos le habría servido a otro escritor para escribir un libro entero, aunque solo para luego hacerlos trizas y burlarse de ellos. Los peligros físicos, que son numerosos, carecen de importancia; somos nosotros y el autor quienes nos adentramos en un mundo de peligros espirituales que hace que parezcan triviales. No hay receta para escribir de este modo, pero parte del secreto consiste en que el autor (como Kafka) consiga reflejar una dialéctica real. Su Tormance es una región del espíritu y Lindsay es el primer escritor en descubrir que hay «otros planetas» realmente válidos para la ficción. Ni la mera extrañeza física ni la simple distancia espacial pueden materializar esa idea de otredad que siempre buscamos en cualquier relato de viajes espaciales: la necesidad de entrar en otra dimensión. Para construir «otros mundos» verosímiles y conmovedores debemos recurrir al único «otro mundo» que conocemos: el del espíritu.

Adviértase el corolario. Si algún fatídico progreso de las ciencias aplicadas nos permite alcanzar la Luna alguna vez, el viaje real no satisfará en absoluto el deseo que ahora buscamos complacer con la escritura de relatos de viajes espaciales. Aunque pudiéramos alcanzarla y sobrevivir, la Luna real sería, en un sentido profundo y mortal, igual que cualquier otro lugar. En ella encontraríamos frío, hambre, dificultades y peligros; pero al cabo de las primeras horas serían, *simplemente*, el frío, el hambre, las dificultades y los peligros que podemos encontrar en la Tierra. Y la muerte no sería más que la muerte entre esos pálidos cráteres como es simplemente la muerte en un sanatorio de Sheffield. Ningún hombre encontraría una extrañeza perdurable en la Luna, solo la clase de hombre que también es capaz de encontrarla en el jardín de su casa. «El que quiera traer a casa la riqueza de las Indias ha de llevarla consigo».

Las buenas historias introducen a menudo lo maravilloso o lo sobrenatural; cuando se habla de la historia o fábula, nada ha sido tan mal entendido como este aspecto. Si no recuerdo mal, y por poner un ejemplo, el doctor Johnson pensaba que a los niños les gustan las historias maravillosas porque son demasiado ignorantes para saber que son imposibles. Pero es que a los niños no siempre les gusta este tipo de historias, ni son siempre niños aquellos a quienes sí les gustan. Además, para disfrutar leyendo cuentos de hadas —y mucho más de gigantes o de dragones— no es necesario creer en ellas. Que se crea o no es, en el mejor de los casos, irrelevante y puede, a veces, ser una desventaja. Los elementos maravillosos de una buena historia nunca son ficciones arbitrarias que se acumulan para dar mayor dramatismo a la narración. La otra noche le comenté a un hombre que se había sentado a mi lado durante la cena que estaba leyendo a los hermanos Grimm en alemán y que, aunque mis conocimientos de ese idioma son muy básicos, no me molestaba en buscar en el diccionario las palabras que desconocía. «A veces, es muy divertido —añadí— adivinar qué le dio la anciana al príncipe, eso mismo que luego él perdió en el bosque». «Y especialmente difícil en un cuento de hadas —replicó el hombre—, donde todo es arbitrario y, por tanto, ese objeto podría ser cualquier cosa». El error es mayúsculo. La lógica de un cuento de hadas es tan estricta como la de una novela realista, aunque de otro tipo.

¿Hay quien opine que Kenneth Grahame hizo una elección arbitraria cuando dio a su personaje principal la forma de un sapo, o que con un venado, una paloma o un león habría conseguido el mismo efecto? La elección se basa en el hecho de que la cara de los sapos de verdad guarda un grotesco parecido con cierto tipo de rostros humanos, con esos rostros apopléjicos adornados por una sonrisa fatua. Esto es, sin duda, un accidente en el sentido de que los rasgos que sugieren el parecido se deben, en realidad, a razones biológicas muy distintas. La ridícula y casi humana expresión del sapo es inalterable: el sapo no puede dejar de sonreír porque su «sonrisa» no es en realidad una sonrisa. Por tanto, al mirar al batracio vemos, aislado y fijo, un aspecto de la vanidad humana en su forma más divertida y perdonable. A partir de esa insinuación, Grahame crea al señor Sapo —una «broma» ultrajohnsoniana— y nosotros nos traemos las riquezas de las Indias; es decir, a partir del señor Sapo contemplamos con más humor, y más ternura, cierto tipo de vanidad muy presente en la vida real.

Pero ¿por qué hay que disfrazar a los personajes de animales? El disfraz es muy leve, tan leve que Grahame hace que el señor Sapo «se limpie el *pelo* de hojas secas con un cepillo», pero es indispensable. Si nos propusiéramos reescribir el libro humanizando a todos los personajes tendríamos que enfrentarnos al siguiente dilema: ¿deben ser niños o adultos?, y acabaríamos por darnos cuenta de que no pueden ser ni una cosa ni otra. Son como niños porque no tienen responsabilidades ni preocupaciones domésticas y no han de luchar por la existencia. Las comidas aparecen de pronto, ni siquiera hace falta pedir que las hagan. En la cocina del señor Tejón, «los platos del aparador sonreían a las cazuelas de la estantería». ¿Quién limpiaba unos y otras? ¿Dónde habían sido comprados? ¿Cómo llegaron hasta el Bosque Salvaje? El Topo lleva una confortable existencia en su hogar subterráneo, pero ¿de qué *vive*? Si es un rentista, ¿dónde está el banco, cuáles son sus inversiones? Tiene en el patio unas mesas «con unas manchas en forma de anillo dejadas seguramente por las jarras de cerveza». De acuerdo, pero ¿dónde conseguía la cerveza? En este sentido, la vida de todos los personajes es la de unos niños que dan todo por hecho y a quienes todo se proporciona. Pero, en otro sentido, su vida es la vida de los adultos: van a donde quieren, hacen lo que les place y disponen de su tiempo a voluntad.

En este aspecto, *El viento en los sauces* es un ejemplo del escapismo más escandaloso porque describe la felicidad en términos incompatibles —esa libertad que solo podemos tener en la infancia y en la vejez— y disfraza sus contradicciones fingiendo que los personajes no son seres humanos. El primer absurdo contribuye a ocultar el segundo. Podría pensarse que un libro así incapacita para afrontar la dureza de la realidad y nos devuelve a la vida cotidiana incómodos y descontentos, pero yo no opino de ese modo. La felicidad que nos presenta *El viento en los sauces* está en realidad llena de las cosas más sencillas y asequibles: comida, sueño, ejercicio, amistad, el contacto con la naturaleza e incluso, en cierto sentido, la religión. La «sencilla pero sustanciosa comida» a base de «panceta, judías y pastel de almendras» que Rata ofrece a sus amigos ha contribuido, no lo dudo, a la ingestión de muchas comidas infantiles reales. De igual forma, lo que no deja de resultar paradójico, la historia en su conjunto refuerza nuestro gusto por la vida. Es una excursión a lo absurdo que nos devuelve a lo real con renovado placer.

Es normal hablar con un tono alegre pero de disculpa sobre la diversión que como adultos experimentamos al leer «libros para niños». En mi opinión, la convención es estúpida. No hay libro que merezca la pena leer a los diez años que no sea digno de ser leído (y con frecuencia mucho más) a los cincuenta —excepto, claro está, los libros informativos—. Las únicas obras de ficción de las que deberíamos librarnos cuando crecemos son aquellas que probablemente hubiera sido mejor no haber leído jamás. Es probable que a un paladar maduro no le guste mucho la *crème de menthe*, pero continuará apreciando el pan con miel y mantequilla.

Otro tipo de historias, muy numeroso, es el que trata de las profecías cumplidas: la historia de Edipo, o *El hombre que pudo reinar*, o *El hobbit*. En la mayoría de estas historias, y para evitar el cumplimiento de la profecía, se siguen ciertos pasos que en realidad sirven para que esta se materialice. Alguien predice que Edipo matará a su padre y se casará con su madre. A fin de evitar que esto ocurra, es abandonado en las montañas, pero esta acción, que conduce a su rescate y por tanto a que viva entre extraños e ignore su verdadero parentesco, da pie a los dos desastres predichos. Las historias de este tipo producen (al menos en mí) una sensación de asombro, de sobrecogimiento, unida a una suerte de desconcierto semejante al que con frecuencia sentimos al observar una compleja trama de líneas que se entrecruzan. En esas líneas uno ve, pero no acaba de ver, ciertas pautas regulares. ¿Y no hay en ello motivos para sentir asombro y también desconcierto? Hemos presentado a nuestra imaginación algo que siempre ha dejado perplejo al intelecto: hemos *visto* de qué forma pueden combinarse el destino y el libre albedrío, incluso de qué forma el libre albedrío es el *modus operandi* del destino. La fábula consigue lo que ningún teorema puede conseguir. Desde un punto de vista superficial, es posible que no sea «como la vida real», pero coloca ante nosotros una imagen de lo que la realidad podría muy bien ser en cierta región más esencial.

El lector se habrá percatado de que a lo largo de este artículo he ido tomando ejemplos de forma indiscriminada de algunos libros que los críticos, con toda razón, situarían dentro de categorías muy distintas: obras de ficción científica norteamericanas y Homero, Sófocles y los *Märchen*, los cuentos infantiles y el muy sofisticado arte de Walter de la Mare, etcétera. Esto no significa que todos me parezcan de un mérito literario semejante. Pero

si estoy en lo cierto al pensar que la fábula nos reporta
otro tipo de diversión además de la emoción, entonces
la novela de aventuras popular, incluso la de peor calidad, adquiere mayor importancia de la que se le suponía. Cuando el lector ve a una persona inmadura o poco
instruida devorando lo que a él no le parece más que una
historia efectista, ¿puede el lector estar seguro de qué
tipo de disfrute está gozando esa persona? Por descontado, de nada sirve preguntárselo a la *persona* en cuestión. Si fuera capaz de analizar su propia experiencia tal
y como la pregunta exige, no sería ni inmadura ni poco
instruida. Pero que no pueda articular su pensamiento
no nos da derecho a emitir ningún juicio en su contra. Es
posible que solo esté buscando una tensión recurrente o
una ansiedad imaginada, pero también es posible, según
creo, que esté adquiriendo algunas experiencias profundas que no podría adquirir de otra forma.

No hace mucho tiempo, Roger Lancelyn Green comentó en *English* que la lectura de Rider Haggard ha
sido una especie de experiencia religiosa para muchos. A
algunas personas esta afirmación les habrá parecido sencillamente grotesca. Yo estaría en manifiesto desacuerdo
si por «religiosa» Green quisiera decir «cristiana». E incluso si tomásemos la palabra en un sentido subcristiano,
habría sido más seguro decir que esas personas habían
encontrado por vez primera en las novelas de Haggard
ciertos elementos que podrían volver a encontrar en la
experiencia religiosa si alguna vez llegaban a tener una
experiencia de este tipo. Sin embargo, opino que Green

está mucho más en lo cierto que quienes dan por sentado que nadie ha leído jamás un relato de aventuras sin la intención de buscar la emoción de las huidas por los pelos. Si Green hubiera dicho, sencillamente, que lo que las personas cultas encuentran en la poesía puede llegar a las masas por medio de las historias de aventuras y casi de ninguna otra manera, yo pensaría que tenía toda la razón. Si esto es así, nada puede ser más desastroso que la idea de que el cine puede y debe sustituir a la literatura popular. Los elementos que el cine excluye son precisamente aquellos que ofrecen a la mente poco entrenada su único acceso al mundo de la imaginación. Hay muerte en la cámara.

Como he admitido, es muy difícil discernir en cada caso concreto si una historia penetra hasta la imaginación más profunda del lector poco instruido o se limita a excitar sus emociones. Es imposible discernirlo incluso aunque leamos esa misma historia. Su mala calidad no prueba nada. Como se trata de un lector poco entrenado, cuanta más imaginación tenga, más pondrá de sí mismo. Ante una mera insinuación del autor, inundará con sus sugerencias un material muy malo y nunca sabrá que el autor principal de aquello de que disfruta es él mismo. El estudio más aproximado que podemos hacer es preguntarle si *relee* a menudo la misma historia.

Esta es, por supuesto, una buena prueba para cualquier lector de cualquier tipo de libro. Podríamos definir un hombre inculto como aquel que lee los libros solo una vez. Hay esperanzas para alguien que no ha leído a Malory o a Boswell o *Tristram Shandy* o los sonetos de Shakespeare, pero ¿qué se puede hacer con una persona que dice que los ha leído queriendo decir que los ha leído una sola vez y que piensa que con eso zanja la cuestión? Sin embargo, creo que esta prueba tiene especial valor para el tema del que nos ocupamos. Porque la emoción, en el sentido en que la hemos definido más atrás, es precisamente lo que debe desaparecer a partir de la segunda lectura. Solo en la primera lectura se puede mantener auténtica curiosidad por los acontecimientos de la historia. Que un lector de literatura popular, por poco instruido que sea, por malas que sean las novelas que frecuenta, vuelva a sus libros favoritos una y otra vez es la prueba fehaciente de que para él constituyen una especie de poesía.

El relector no busca sorpresas auténticas (la sorpresa solo puede darse una vez), sino cierta «sorpresividad». Es algo que suele entenderse mal. El hombre de Peacock pensaba que había descartado la «sorpresa» como elemento de la arquitectura de jardines cuando preguntó qué ocurre cuando se pasea por el jardín por segunda vez. ¡Sabihondo! En el único sentido que importa, la sorpresa actúa igual de bien la vigésima vez que la primera. Es la *cualidad*, no el *hecho* de lo inesperado, lo que nos deleita. Y es aún mejor la segunda vez. Sabiendo que la «sorpresa» se acerca, podemos saborear plenamente el hecho de que ese sendero que atraviesa los arbustos no *parece* llevarnos al borde del acantilado. No disfrutamos plenamente de la historia en la primera lectura. Hasta que la curiosidad, el ansia pura de narración, se ha saciado y echado a dormir, no somos libres de saborear sus verdaderas delicias. Hasta ese momento, leer es como malgastar un gran vino para calmar una sed irresistible. Los niños lo comprenden muy bien cuando nos piden que les contemos el mismo cuento una y otra vez y con las mismas palabras. Desean experimentar la «sorpresa» de descubrir que lo que parecía la abuela de Caperucita es en realidad el lobo. Es mejor cuando sabes que llega. Libres de la perplejidad de la verdadera sorpresa, podemos apreciar mejor la sorpresividad intrínseca de la *peripeteia*.

Quisiera creer que con estos comentarios contribuyo, siquiera en pequeña medida (porque la crítica no tiene por qué llegar siempre después de la práctica), al fomento de una mejor escuela de la fábula en prosa en Inglaterra: de esa fábula que puede transmitir la vida de la imaginación a las masas sin resultar despreciable para las elites. Sin embargo, tal vez esto no sea posible. Hay que admitir que el arte de la fábula, tal como yo lo entiendo, es muy difícil. Ya he insinuado cuál es su mayor dificultad cuando me he quejado de que en *La guerra de los mundos* la idea realmente importante se pierde o se enturbia a medida que progresa la historia. Ahora debo añadir que existe el peligro perpetuo de que esto les ocurra a todas las historias. Para que sean historias, deben consistir en una serie de acontecimientos, pero hay que comprender que esa serie de acontecimientos —que llamamos «trama»— es solo una red con la que pretendemos atrapar otra cosa. Es posible que el verdadero tema no sea secuencial, y suele no serlo. Tal vez no sea un proceso y se parezca más a un estado o a una cualidad. El gigantismo, la otredad y la desolación del espacio son algunos de los ejemplos que se han cruzado en nuestro camino. Los títulos de algunas historias ilustran muy bien este extremo. *El bosque del fin del mundo*... ¿puede un hombre escribir un relato fiel a ese título? ¿Puede encontrar una serie de acontecimientos que se sucedan en el tiempo, que realmente nos atrapen, se fijen y nos hagan entender todo cuanto vislumbramos, con solo escuchar esas seis palabras? ¿Puede alguien escribir una historia sobre la Atlántida, o es mejor dejar que la palabra actúe por sí sola? Debo confesar que algunas veces la red consigue atrapar al pájaro. En *El bosque del fin del mundo*, William Morris está muy cerca de ello, tan cerca como para que su obra merezca varias lecturas. Aun así, y pese a todo, sus mejores momentos tienen lugar en la primera mitad.

Pero hay veces en que el autor sí logra lo que se propone. En sus obras, el difunto E. R. Eddison lo consigue plenamente. Sus mundos inventados pueden gustarte o no (por mi parte, me gusta el de *La serpiente Uróboros* y me disgusta profundamente el de *Mistress of Mistresses*), pero el tema y la articulación de la historia no entran en conflicto en sus obras. Cada episodio, cada diálogo contribuyen a dar cuerpo a lo que el autor imagina. No es posible saltarse ninguno, hay que recorrer toda la historia para construir esa extraña mezcla de lujo renacentista y dureza norteña. En gran parte, el secreto reside en el estilo y, especialmente, en el estilo de los diálogos. Sus orgullosos, imprudentes y apasionados personajes se crean a sí mismos y crean la atmósfera completa de su mundo principalmente a través del diálogo. Walter de la Mare también consigue lo que se propone, en parte gracias al estilo y en parte porque nunca pone sus cartas sobre la mesa. David Lindsay, en cambio, tiene éxito con un estilo que a veces (y para ser franco) resulta abominable. Tiene éxito porque su tema real es, como el argumento, secuencial, y es temporal, o cuasitemporal: un apasionado viaje espiritual. Charles Williams contó con la misma ventaja, pero no cito aquí sus relatos porque apenas pueden considerarse fábulas en el sentido que aquí nos ocupa. Pese a un uso muy libre de lo sobrenatural, están mucho más cerca de la novela; exhiben un trazo detallado de los personajes y en ellos intervienen las creencias religiosas e incluso la sátira social. *El hobbit* escapa al peligro de degenerar en mero argumento y emoción por medio de un curioso cambio de tono. Cuando ceden el humor y el carácter doméstico de los primeros capítulos, es decir, la hobbitidad en toda su pureza, pasamos sin solución de continuidad al mundo de la épica. Es como si la batalla del Salón del Sapo se hubiera transformado en un *heimsökn* serio y el Tejón hubiera empezado a hablar como Njal. Es decir, perdemos un tema, pero encontramos otro. Matamos, pero no al mismo zorro.

Podríamos preguntarnos por qué habría que alentar a nadie a escribir de una forma en que, al parecer, los medios entran con tanta frecuencia en conflicto con los fines. Con esto no quiero sugerir que cualquiera capaz de escribir buena poesía tenga que abandonarla y escribir relatos. Lo que estoy sugiriendo es cuál ha de ser el objetivo de aquellos que, en cualquier caso, están dispuestos a escribir historias de aventuras. Y no creo que carezca de importancia el hecho de que las buenas obras de este género, incluso las que distan de ser perfectas, puedan llegar allí donde la poesía nunca llegará.

¿Me tomará alguien por caprichoso si, a modo de conclusión, insinúo que, después de todo, la tensión interna entre el tema y el argumento, que existe en el corazón de toda historia, constituye su mayor semejanza con la vida? Si la fábula fracasa, ¿no comete la vida el mismo error? En la vida real, como en el relato de ficción, debe ocurrir algo, y ese es precisamente el problema. Nos vemos atrapados en cierto estado, pero solo encontramos una sucesión de acontecimientos en la que ese estado nunca consigue encarnarse plenamente. La sublime idea de encontrar la Atlántida que nos espolea en el primer capítulo de la aventura tiene muchas posibilidades de echarse a perder en la simple emoción una vez el viaje ha comenzado. De igual modo, en la vida real, la idea de aventura se disipa cuando comienzan a surgir los detalles del día a día. Pero la idea de aventura no se pierde simplemente por el hecho de que las dificultades y los peligros la dejen a un lado. Otras grandes ideas —el regreso a casa, la reunión con la persona amada— eluden también nuestro abrazo. Supongamos que no hay decepción, incluso en ese caso... ya está, ya hemos llegado. Pero ahora debe ocurrir algo, y a continuación algo más. Es posible que todo lo que ocurra sea delicioso, pero ¿puede esa serie de acontecimientos encarnar el puro estado de ser eso que deseábamos ser? El argumento del autor no es más que una red, normalmente imperfecta, una red de tiempo y hechos para captar lo que en realidad no es un proceso, pero ¿es la vida mucho más? Pensándolo bien, al fin y al cabo no estoy seguro de que la lenta desaparición de la magia en *El bosque del fin del mundo* sea un defecto. Es una metáfora de la verdad. Podemos esperar que el arte haga lo que la vida real no puede, y eso es lo que ha hecho exactamente. El pájaro se nos ha escapado, pero al menos estuvo en la red durante unos capítulos. Lo contemplamos de cerca y disfrutamos de su plumaje. ¿Cuántas «vidas reales» tienen redes capaces de tanto?

Tanto en la vida como en el arte, me parece, tratamos siempre de atrapar en nuestra red de momentos sucesivos algo no sucesivo. Que en la vida real haya un doctor que nos enseñe a hacerlo de modo que al menos los hilos de la red sean lo bastante recios para no perder al pájaro, o que cambiemos tanto que podamos desprendernos de nuestras redes y seguir al ave hasta su propio país son cuestiones que escapan a este artículo, pero, en mi opinión, hay veces en que las historias lo consiguen... o están muy muy cerca de conseguirlo. En todo caso, creo que el esfuerzo bien merece la pena.

II

TRES FORMAS DE ESCRIBIR
PARA NIÑOS

EN MI OPINIÓN, quienes escriben literatura infantil tienen tres maneras de enfocar su trabajo; dos son buenas y, por lo general, la tercera es mala.

He tenido noticia de la mala hace bien poco y gracias a dos testigos involuntarios. El primero de estos testigos es una dama que me envió el manuscrito de un relato escrito por ella en el que un hada ponía a disposición de un niño un artilugio maravilloso. Digo «artilugio» porque no se trataba de un anillo ni de un sombrero ni de un manto mágicos, ni de ningún objeto tan tradicional. El artilugio en cuestión era una máquina, una cosa con llaves y palancas y botones. Si el niño accionaba uno de aquellos mecanismos, la máquina le daba un helado; si accionaba otro, un cachorro, etcétera. Tuve que decirle a la autora que, sinceramente, aquella especie de cosa no me interesaba mucho, a lo que ella me replicó: «Ni a mí tampoco; me aburre soberanamente, pero es eso lo que les gusta a los niños modernos». El segundo testimonio es el siguiente. En el primer relato que escribí, describía con cierta extensión lo que a mí me parecía el muy elegante té que un hospitalario fauno ofrecía a la pequeña heroína de mi cuento. Un hombre con hijos me comentó: «Ah, ya comprendo lo que usted pretendía. Cuando se desea complacer a los lectores adultos, se les da sexo, de modo que usted se ha dicho: "A los niños no les gusta el sexo, ¿qué puedo darles en su lugar? ¡Ya sé! A esos pequeños granujas les encanta la buena comida"». En realidad, sin embargo, es a mí a quien me encanta comer y beber, así que escribí lo que me habría gustado leer cuando era niño y lo que todavía me gusta leer ahora que paso de los cincuenta.

La dama de mi primer ejemplo y el caballero casado del segundo concebían la literatura para niños como una sección aparte cuyo lema podría ser «Hay que darle al público lo que quiere». Por supuesto, los niños son un público muy especial y hay que averiguar lo que les gusta y dárselo, por poco que a ti te agrade.

Hay otra manera de escribir literatura infantil. A primera vista, puede parecer muy semejante a la anterior, pero creo que esa semejanza es solo superficial. Es la manera de escribir de Lewis Carroll, Kenneth Grahame y Tolkien. La historia impresa nace a partir de la que se cuenta a un niño en particular, de viva voz y quizás *ex tempore*. Se parece a la manera a que acabo de referirme porque esta también procura darle al niño lo que desea. Pero, en esta, el autor se dirige a una persona en concreto, a ese niño que, por descontado, es distinto a todos los demás niños. No podemos concebir a los «niños» como una especie extraña cuyos hábitos «reconstruimos» como antropólogos o viajantes de comercio. Sospecho que, cara a cara, tampoco sería posible obsequiar a un niño con algo especialmente calculado para complacerle, pero que el autor considerara con indiferencia y desdén. El niño, estoy seguro, le calaría enseguida. El autor cambia ligeramente el tono porque se está dirigiendo a un niño y el niño cambia a su vez porque es un adulto quien se dirige a él. De este modo se crea una comunidad, una personalidad compuesta, y de ella surge la historia o fábula.

La tercera manera de escribir para niños, la única que yo soy capaz de cultivar, consiste en escribir un relato infantil porque un relato infantil es la forma artística que mejor se adecua a lo que tienes que decir, de igual modo que un compositor escribe una marcha fúnebre no porque haya ningún funeral público a la vista, sino porque se le han ocurrido ciertas ideas musicales que encajan mejor en ese tipo de composición. Este método puede aplicarse a otros tipos de literatura infantil y no solo a los cuentos. Me han dicho que Arthur Mee nunca habló con ningún niño y que jamás tuvo deseos de hacerlo. Desde su punto de vista, que a los chicos les gustase leer lo que a él le gustaba escribir no era más que cuestión de suerte. Es posible que esta anécdota no sea cierta, pero ilustra lo que quiero decir.

Dentro del género «relato infantil», el subgénero que, según ha resultado, más se adecua a mí es el fantástico o, en su sentido más amplio, el cuento de hadas. Existen, por supuesto, otros subgéneros. La trilogía de E. Nesbit

sobre la familia Bastable es un buen ejemplo de uno de
ellos. Es un «relato infantil» en la medida en que los niños pueden leerlo y lo leen, pero es también el único
modo que E. Nesbit encontró para ofrecernos una visión amplia del humor y talante de la infancia. Es cierto
que los niños de la familia Bastable aparecen en una de
sus novelas para adultos —tratados, con éxito, desde el
punto de vista de los mayores—, pero esa aparición dura
solo un momento. En mi opinión, no creo que hubiera
podido prolongarse. Es muy posible que cuando escribi-
mos sobre niños desde el punto de vista de sus mayores
caigamos en el sentimentalismo. De este modo, la realidad de la infancia, tal y como todos la experimentamos,
se desvanece. Y es que todos recordamos que nuestra infancia, según la vivimos, fue inmensurablemente distinta
a como la vieron nuestros mayores. De ahí que cuando
le pedí su opinión sobre un nuevo colegio experimental,
sir Michael Sadler me respondiera: «Nunca doy mi opinión sobre ninguno de esos experimentos hasta que los
niños han crecido y pueden contarnos lo que realmente
ocurrió». La trilogía de los Bastable, por improbables
que puedan ser muchos de sus episodios, proporciona
incluso a los adultos, al menos en cierto sentido, una lectura más realista del mundo infantil de la que podemos
encontrar en la mayoría de los libros dirigidos a mayores. Al mismo tiempo, por el contrario, permite que los
niños que la leen lleven a cabo una actividad que, en realidad, es mucho más madura de lo que piensan. Y es que
se trata de un autorretrato inconscientemente satírico

de Oswald Bastable, un estudio del personaje que todo niño inteligente puede apreciar plenamente —mientras que ningún niño se sentaría a leer un estudio de personajes escrito de cualquier otra forma—. Existe otro subgénero de la literatura infantil que también transmite este interés psicológico, pero me reservo el comentario para más adelante.

Creo que tras esta escueta mirada a la trilogía de los Bastable, podemos sacar en claro un principio literario: cuando el relato infantil es, sencillamente, la forma más adecuada para lo que el autor quiere decir, los lectores que desean oír eso que el autor quiere decir leerán o releerán esa historia independientemente de la edad que tengan. No leí *El viento en los sauces* ni los libros de los Bastable hasta tener cerca de treinta años, pero dudo que por eso los haya disfrutado menos. Estoy pensando en establecer el siguiente canon: un relato infantil que solo gusta a los niños es un mal relato infantil. Los buenos perduran. Un vals que solo nos gusta cuando valsamos es un mal vals.

Este canon me parece más evidentemente cierto cuando lo aplicamos al tipo particular de relato infantil que yo más aprecio: el relato fantástico, o cuento de hadas. La crítica moderna utiliza «adulto» como término aprobatorio, pero se muestra hostil con eso que llama «nostalgia» y desdeñosa con eso que califica de «peterpantismo». De ahí que una persona que aprecie a enanos y gigantes y afirme que, a sus cincuenta y tres años, las bestias y las brujas aún le gustan tiene muchas menos probabilidades de recibir elogios por su perenne juventud que de ser objeto de mofa y compasión por atrofia en su desarrollo. Si dedico unas líneas a defenderme de estos cargos no es tanto porque me importe gran cosa que se mofen de mí o me compadezcan, sino porque mi defensa guarda relación con mi punto de vista sobre el cuento de hadas y la literatura en general. Mi defensa, en efecto, consiste en las tres alegaciones siguientes:

1. Respondo con un *tu quoque*. Los críticos que emplean «adulto» como término laudatorio en lugar de hacerlo en un sentido meramente descriptivo no pueden ser adultos. Estar preocupado por ser adulto, admirar lo adulto solo porque lo es y sonrojarse ante la sospecha de ser infantil son señas de identidad de la infancia y de la adolescencia. Con moderación, en la infancia y en la adolescencia constituyen síntomas saludables, porque el que es joven quiere crecer. Pero trasladar a la edad adulta, incluso a los primeros años de esta, esa preocupación por ser adulto es, por el contrario, un signo de atrofia en el desarrollo. Cuando yo tenía diez años, leía cuentos de hadas a escondidas. Si me hubieran descubierto, habría sentido vergüenza. Ahora que tengo cincuenta los leo sin ocultarme. Cuando me hice hombre, abandoné las chiquilladas, incluidas las del temor a comportarme como un chiquillo y el deseo de ser muy mayor.

2. En mi opinión, el punto de vista moderno implica una falsa concepción de lo adulto. Los modernos nos acusan de atrofia en el desarrollo porque no hemos perdido los gustos de la infancia. Pero ¿y si la atrofia en el

desarrollo consistiera no en negarse a perder lo que teníamos, sino en no poder añadirle nada nuevo? Me gusta
el codillo, pero estoy seguro de que en mi infancia no me
habría gustado nada. Sin embargo, sigue gustándome la
limonada. Yo llamo a esto crecer o desarrollarse porque
ahora soy más rico de lo que era: si antes solo disfrutaba
de una cosa, ahora lo hago de dos. Si tuviera que perder
el gusto por la limonada para que me gustase el codillo,
yo no llamaría a eso crecimiento, sino simple cambio.
Ahora me gustan Tolstói y Jane Austen y Trollope, pero
también los cuentos de hadas, y a eso yo lo llamo crecer.
Si tuviera que dejar de leer cuentos de hadas para leer
a los novelistas, no diría que he crecido, sino tan solo
que he cambiado. Un árbol crece porque añade anillos
a su tronco, un tren no lo hace cuando deja atrás una
estación y se dirige resoplando a la siguiente. Pero, en
realidad, la cuestión es más profunda y compleja. Creo
que mi crecimiento se manifiesta tanto cuando leo a los
novelistas como cuando leo cuentos de hadas, que ahora
disfruto mejor que en la infancia: como soy capaz de poner más en ellos, también, cómo no, saco de ellos más.
Pero no quiero recalcar aquí ese extremo. Aunque solo
se tratara de añadir el gusto por la literatura adulta al
gusto inalterado por la literatura infantil, a esta adición
también podría llamársele «crecimiento», cosa que no
podríamos llamar al proceso de dejar un paquete para
tomar otro. Es, por supuesto, cierto que el proceso de
crecimiento supone, por casualidad y por desgracia, algunas otras pérdidas, pero no es esto lo esencial en él ni,

ciertamente, lo que lo hace admirable y deseable. Si fuera así, si dejar paquetes y abandonar estaciones constituyeran la esencia y virtud del crecimiento, ¿por qué íbamos a detenernos en lo adulto? ¿Por qué no habría de ser «senil» un término igualmente aprobatorio? ¿Por qué no íbamos a alegrarnos de perder el cabello y los dientes? Al parecer, algunos críticos confunden el crecimiento con los costes del crecimiento y desean que esos costes sean mucho más altos de lo que, en virtud de su naturaleza, tienen que ser.

3. La asociación entre cuentos de hadas y fantasía e infancia es local y accidental. Espero que todos hayan leído el ensayo de Tolkien sobre los cuentos de hadas, que tal vez sea la contribución al tema más importante que se haya hecho hasta la fecha. Si es así, sabrán que en la mayoría de las épocas y lugares el cuento de hadas no se ha elaborado especialmente para niños, ni han sido estos quienes lo han disfrutado en exclusiva. Gravitó hacia el parvulario cuando pasó de moda en los círculos literarios, igual que los muebles pasados de moda eran trasladados a la habitación de los niños en las casas victorianas. En realidad, y al igual que a otros muchos no les agradan los sofás de crin, a muchos niños no les agradan este tipo de libros; también hay muchos adultos a quienes sí les gustan, por el mismo motivo que a otros tantos les encantan las mecedoras. Por lo demás, es probable que a aquellos, mayores o pequeños, a quienes les gustan les agraden por la misma razón. Claro que ninguno de nosotros puede decir con certeza qué razón es

esa. Las dos teorías en las que pienso más a menudo son la de Tolkien y la de Jung.

Según Tolkien,[1] el atractivo de los cuentos de hadas reside en el hecho de que el hombre ejercita en ellos con gran plenitud su función de «subcreador»; no, como ahora les encanta decir, haciendo «un comentario sobre la vida», sino creando, en la medida de lo posible, un mundo subordinado del suyo propio. Puesto que esta, en opinión de Tolkien, es una de las funciones más características del hombre, siempre que se cumpla bien, el disfrute surge de manera natural. Para Jung, los cuentos de hadas liberan Arquetipos que habitan en el subconsciente colectivo, así que cuando leemos un buen cuento de hadas estamos obedeciendo al viejo precepto «Conócete a ti mismo». Me atrevería a añadir a estas mi propia teoría, no, desde luego, del Género en su conjunto, sino de uno de sus rasgos. Me refiero a la presencia de seres distintos a los humanos que, sin embargo, se comportan, en diferentes grados, humanamente: los gigantes, los enanos y las bestias parlantes. Creo que todos ellos son, cuando menos (y es que pueden tener otras fuentes de poder y belleza), un admirable jeroglífico que tiene que ver con la psicología y con los tipos, y que transmite ambos elementos con mayor brevedad que las novelas y a lectores que aún no pueden asimilar su presentación novelesca. Consideremos al señor Tejón

---

1. J. R. R. Tolkien, «On Fairy-Stories», *Essays Presented to Charles Williams* (1947), pp. 66ss.

de *El viento en los sauces*, esa extraordinaria amalgama de altivez, hosquedad, mal humor, timidez y bondad. El niño que ha conocido al señor Tejón adquiere, en lo más profundo, unos conocimientos de la humanidad y de la historia social de Inglaterra que no podría conseguir de ninguna otra forma.

Por supuesto, al igual que no toda la literatura para niños es fantástica, no toda la literatura fantástica tiene por qué ser para niños. Todavía es posible, incluso en una época tan ferozmente antirromántica como la nuestra, escribir relatos fantásticos para adultos, aunque para publicarlos normalmente sea preciso haberse labrado un nombre en otro género literario más de moda. Puede haber un autor a quien en determinado momento le parezca que no solo la literatura fantástica, sino la literatura fantástica infantil, es la forma más precisa y adecuada para expresar lo que desea. La distinción es sutil. Las fantasías para niños de ese autor y sus fantasías para adultos tendrán mucho más en común entre sí que ambas con la novela corriente o con lo que algunos llaman «la novela de la vida infantil». De hecho, es probable que algunos lectores lean sus novelas «juveniles» y también sus relatos fantásticos para adultos. Porque no necesito recordar a personas como ustedes que la división nítida de los libros por grupos de edad, a la que los editores son tan afectos, no guarda más que una relación muy laxa con los hábitos de los lectores reales. A quienes nos amonestan de adultos por leer libros infantiles ya nos amonestaban de niños por leer libros demasiado maduros. Ningún lector que se precie progresa por pura obediencia a un calendario. La distinción, como he dicho, es sutil. Yo no estoy seguro de qué me hizo sentir, en un año concreto de mi vida, que lo que debía escribir —o proclamar— no era solo un cuento de hadas, sino un cuento de hadas para niños. En parte, pienso, este género te permite, o te impele, a dejar de lado ciertos elementos que yo quería dejar de lado. Te impele, en efecto, a depositar toda la fuerza de la obra en las acciones y los diálogos. Pone a prueba lo que un amable pero exigente crítico llamó en mí «el demonio de la exposición». Y, además, impone necesariamente ciertas restricciones de extensión que resultan muy fructíferas.

Si he permitido que la literatura infantil de tipo fantástico domine esta charla es porque es la que más conozco y más me gusta, no porque esté en mi ánimo condenar otros subgéneros. Muy al contrario y con mucha frecuencia, los mecenas de esos otros subgéneros sí desean condenar la literatura infantil fantástica. Más o menos una vez cada cien años, algún sabelotodo alza la voz y se esfuerza por desterrar el cuento de hadas del territorio de la literatura para niños, de modo que es mejor que diga algunas palabras en su defensa.

Al cuento de hadas se le acusa de imbuir en los niños una impresión falsa del mundo que les rodea; sin embargo, yo creo que, de todos los libros que un niño lee, no hay ninguno que le dé una impresión menos falsa. Creo que es más probable que le engañen esas otras historias que pretenden pasar por literatura realista para niños. Yo nunca esperé que el mundo fuera como un cuento de hadas, pero creo que sí esperé que el colegio fuera como un cuento de colegios. Todas las historias en las que los niños experimentan aventuras y éxitos, posibles en el sentido de que no quiebran las leyes de la naturaleza, pero de una improbabilidad casi absoluta, corren más peligro de despertar falsas expectativas que los cuentos de hadas.

Respuesta casi idéntica puede darse a la frecuente acusación de escapismo que se cierne sobre este tipo de literatura, aunque en este caso la cuestión no es tan sencilla. ¿Enseñan los cuentos de hadas a los niños a refugiarse en un mundo de ensoñación —«fantasía», en el sentido técnico en que la psicología emplea la palabra— en lugar de a enfrentarse a los problemas del mundo real? Es en este punto donde el problema se vuelve más sutil. Comparemos de nuevo el cuento de hadas con el cuento escolar o con cualquier otro tipo de relato que lleve la etiqueta «cuento para niños» o «cuento para niñas» en oposición a «cuento infantil». Tanto el cuento de hadas como el cuento de ambiente escolar excitan deseos y, al menos desde un punto de vista imaginario, los satisfacen. Deseamos atravesar el espejo, llegar al país de las hadas. También deseamos ser ese chico o chica inmensamente popular y reconocido, o ese niño o niña que tiene la suerte de descubrir ese complot de espías o montar ese caballo que ningún *cowboy* ha podido domar. Pero se trata de deseos muy distintos. El segundo, especialmente cuando se centra en algo tan cercano como la vida escolar, es voraz y terriblemente serio. Su cumplimiento en el nivel imaginario es en verdad compensatorio: nos precipitamos hacia él por las decepciones y humillaciones del mundo real —claro que luego él nos devuelve a la realidad profundamente descontentos—, y es que no es otra cosa que una adulación de nuestro ego. El otro deseo, el de alcanzar el país de las hadas, es muy distinto. Un niño no desea conocer el país de las hadas como otro puede desear convertirse en el héroe de los once elegidos de su equipo de críquet. ¿Supone alguien que ese niño desea, en verdad y con los pies en la tierra, experimentar todos los peligros e incomodidades de un cuento de hadas? ¿De verdad desea que haya dragones en la Inglaterra de nuestros días? Desde luego que no. Es mucho más exacto decir que el país de las hadas despierta en él el deseo de algo indeterminado. Le excita y le preocupa (enriqueciéndole de por vida) con la vaga sensación de que algo está más allá de su alcance y, lejos de aburrirle o vaciar su mundo real, le permite conocer una dimensión nueva y más profunda. No desdeña los bosques reales porque haya leído cuentos de bosques encantados: esa lectura, por el contrario, hace que los bosques reales le parezcan un poco encantados. Este deseo, ciertamente, es de un tipo especial. El niño que lee la clase de cuento escolar que tengo en mente desea el éxito y se siente desgraciado (en cuanto concluye el libro) porque no puede conseguirlo. El niño que lee el cuento de hadas desea y es feliz por el solo hecho de desear. Pues su mente no se ha visto dirigida hacia él mismo, como sucede con frecuencia con los relatos más realistas.

No pretendo decir que los relatos para chicos y para chicas ambientados en el mundo escolar no deberían escribirse. Lo único que digo es que tienen muchas más posibilidades de convertirse en «fantasías», entendido el término en su sentido clínico, que los cuentos fantásticos, una distinción que también puede aplicarse a las lecturas de los adultos. La fantasía peligrosa siempre es superficialmente realista. La verdadera víctima de la ensoñación del deseo ni se inmuta con la *Odisea*, *La tempestad* o *La serpiente Uróboros*; prefiere las historias de millonarios, bellezas despampanantes, hoteles de lujo, playas con palmeras y escenas de cama, cosas que podrían ocurrir en la realidad, que tendrían que ocurrir, que habrían ocurrido si al lector le hubieran dado una oportunidad. Porque, como yo digo, hay dos clases de deseo: el primero es una *askesis*, un ejercicio del espíritu; el segundo es una patología.

Un ataque mucho más serio al cuento de hadas como literatura infantil proviene de aquellos que no desean que se atemorice a los niños. He padecido demasiados terrores nocturnos en mi infancia para infravalorar esta objeción y no pretendo avivar los fuegos de ese infierno íntimo en ningún niño. Por otra parte, ninguno de mis miedos se debía a los cuentos de hadas. Los insectos gigantes eran mi especialidad, seguidos de los fantasmas. Supongo que eran los cuentos los que directa o indirectamente me inspiraban los sueños de fantasmas, pero, desde luego, no los cuentos de hadas. En cambio, no creo que los insectos se debieran a los cuentos. Tampoco creo que mis padres pudieran haber hecho o dejado de hacer nada que me salvara de las pinzas, mandíbulas y ojos de aquellas abominaciones de múltiples patas. Y en esto, como tantos han señalado, reside la dificultad. No sabemos qué asustará o no asustará a un niño de este modo tan particular. Digo «de este modo tan particular» porque es preciso establecer una distinción. Quienes dicen que a los niños no se les puede asustar pueden querer decir dos cosas. Pueden querer decir que (1) no debemos hacer nada que pueda inspirar en un niño esos miedos obsesivos, paralizantes y patológicos, es decir, esas *fobias*, frente a las cuales es inútil la valentía corriente. Su mente debe, si es posible, verse libre de esas cosas en las que no puede soportar pensar. Pero también pueden querer decir que (2) debemos intentar que no piense en que ha venido a un mundo donde hay muerte, violencia, dificultades, aventuras, heroísmo y cobardía, el bien y el mal. Si quieren decir lo primero, estoy de acuerdo con ellos, pero no estoy de acuerdo con lo segundo. Hacer caso a lo segundo sería, en realidad, dar a los niños una impresión falsa y educarlos en el escapismo, en el peor sentido de la palabra. Hay algo absurdo en la idea de educar de ese modo a una generación que ha nacido con la OGPU y la bomba atómica. Puesto que es tan probable que tengan que vérselas con enemigos muy crueles, dejemos al menos que hayan oído hablar de valientes caballeros y del valor de los héroes. De otro modo, solo conseguiremos que su destino sea más oscuro, no más brillante. Por otro lado, la mayoría no pensamos que la violencia y la sangre de los cuentos cree ningún miedo obsesivo en los niños. En lo que a esto respecta, me pongo, de un modo impenitente, del lado de la especie humana frente al reformista moderno. Bienvenidos sean los reyes malvados y las decapitaciones, las batallas y las mazmorras, los gigantes y los dragones, y que los villanos mueran espectacularmente al final del relato. Nada me convencerá de que esto induce en un niño normal ningún miedo más allá del que desea, y necesita, sentir. Porque, por supuesto, el niño quiere que le asusten un poco.

La cuestión de los otros miedos —las fobias— es bien distinta. No creo que haya nadie capaz de controlarlas por medios literarios. Al parecer, venimos al mundo con las fobias puestas. Sin duda, esa imagen concreta en que se materializa el miedo de un niño puede a veces tener su origen en un libro. Ahora bien, ¿es esa imagen el origen o la concreción casual de ese miedo? Si el niño no hubiera visto esa imagen, ¿no tendría el mismo efecto otra distinta e impredecible? Chesterton nos habla de un niño que tenía más miedo al Albert Memorial que a cualquier otra cosa en el mundo y yo conozco a un hombre cuyo gran terror infantil era la edición de la *Enciclopedia Británica* en papel Biblia... por un motivo que les desafío a descubrir. En mi opinión, es posible que, si usted confina a su hijo a esas pulcras historias de la vida infantil en las que jamás ocurre nada alarmante, fracase en su intención de desterrar sus miedos y le niegue, sin embargo, el acceso a todo lo que puede ennoblecerlos o hacerlos soportables. Y es que, en los cuentos de hadas y estrechamente ligados a los personajes terribles, encontramos consuelos y protectores brillantes y memorables; además, los personajes terribles no solo son terribles, sino también sublimes. Sería estupendo que los niños no sintieran miedo, cuando están tumbados en su cama y oyen o creen oír un ruido. Pero, si han de tener miedo, creo que es mejor que piensen en dragones y gigantes que en ladrones. Y san Jorge, o cualquier otro caballero de brillante armadura, me parece mejor consuelo que la idea de la policía.

Voy incluso más allá. Si yo me hubiera librado de todos mis terrores nocturnos al precio de no haber conocido el mundo de las hadas, ¿habría salido ganando con el cambio? No hablo por hablar. Aquellos miedos eran horribles, pero, en mi opinión, ese precio habría sido demasiado alto.

Pero me he desviado demasiado del tema. Algo inevitable, porque de las tres formas de escribir para niños solo conozco por experiencia la tercera. Espero que el título de esta charla no induzca a engaño y nadie piense que voy a darle al lector consejos sobre cómo escribir un relato para niños. Tengo dos buenas razones para no hacerlo. En primer lugar, son muchas las personas que han escrito relatos mucho mejores que los míos, así que, en lugar de enseñar el arte de la escritura, preferiría aprender más cosas de él. Además, y en cierto sentido,

yo nunca he «hecho» ningún relato. El proceso que sigo
se parece más a la observación de las aves que al habla
o a la construcción. Yo veo imágenes. Algunas de esas
imágenes tienen en común algún sabor, casi un olor,
que las agrupa. Hay que guardar silencio y escuchar, y
las imágenes comenzarán a reunirse. Si se tiene mucha
suerte (yo nunca he tenido tanta), puede que muchas se
agrupen con tanta coherencia que conformen una historia completa sin que tú hagas nada. Lo más frecuente,
sin embargo (es lo que a mí siempre me ocurre), es que
existan lagunas. En este caso es cuando, por fin, hay que
recurrir a la invención deliberada, ideando motivos que
justifiquen por qué los personajes se encuentran donde
se encuentran y hacen lo que hacen. No tengo ni idea de
si esta es la forma habitual de escribir historias, y mucho
menos sé si es la mejor, pero es la única que conozco: las
imágenes siempre son lo primero.

Antes de terminar me gustaría retomar lo que dije al
principio, cuando rechacé cualquier forma de abordar
la cuestión que comience con la pregunta: «¿Qué les
gusta a los niños modernos?». Alguien puede preguntarme si también rechazo todo enfoque que comience
preguntándose: «¿Qué necesitan los niños modernos?»,
es decir, si también rechazo una aproximación moral o
didáctica a la cuestión. Pues bien, creo que la respuesta
sería «sí», y no porque no me gusten los cuentos morales, ni tampoco porque piense que a los niños no les
gustan las moralejas, sino porque estoy seguro de que
la pregunta: «¿Qué necesitan los niños modernos?» no

conduce a una buena moraleja. Cuando hacemos esa pregunta, damos por sentada cierta superioridad moral. Sería mejor preguntarse: «¿Qué moraleja necesito yo?», y es que creo que si algo no nos preocupa profundamente a los autores, tampoco les preocupará a nuestros lectores, con independencia de la edad que tengan. Pero lo mejor es no hacerse ninguna pregunta. Hay que dejar que las imágenes nos revelen su propia moraleja, porque la moral inherente a ellas surgirá de las raíces espirituales, sean estas cuales sean, que hayan arraigado en el curso de toda nuestra vida. Si esas imágenes no dejan entrever ninguna moraleja, no les añadamos una, y es que la que podamos añadir será, muy probablemente, una moral tópica, incluso falsa, rebañada de la superficie de nuestra conciencia. Y ofrecerles algo así a los niños es una impertinencia. Porque la autoridad nos ha dicho que, en la esfera moral, los niños son, probablemente, al menos tan sabios como nosotros. Si alguien *puede* escribir un cuento para niños sin moraleja, que lo haga, si es que se ha propuesto escribir cuentos para niños, claro. La única moraleja valiosa es la que se deriva de la forma de pensar del autor.

En realidad, los elementos de la historia deberían surgir de la forma de pensar del autor. Debemos escribir para niños a partir de los elementos de nuestra imaginación que compartimos con los niños; hemos de diferenciarnos de nuestros lectores niños, no por un menor o menos serio interés por los temas que manejamos, sino por el hecho de que tenemos otros intereses que los niños no comparten. El tema de nuestro relato debería formar parte del mobiliario habitual de nuestro pensamiento. Es algo que les ha sucedido, supongo, a todos los grandes autores de literatura infantil, cosa que normalmente no se comprende. No hace mucho tiempo, un crítico que se proponía elogiar un cuento de hadas dijo muy serio que el autor «nunca decía nada ni siquiera medio en broma». Caramba, ¿y por qué iba a hacerlo? Nada me parece peor para este arte que la idea de que todo lo que compartimos con los niños es «infantil», en el sentido peyorativo del término, y que todo lo infantil es, en cierto sentido, cómico. Debemos tratar a los niños como a nuestros iguales en esa área de nuestra naturaleza en la que somos sus iguales. Nuestra superioridad consiste, por una parte, en que en otras áreas somos mejores y, por otra (más relevante), en que contamos historias mejor que ellos. No hay que tratar a los niños con condescendencia ni idolatrarlos, tenemos que hablar con ellos de hombre a hombre. La peor actitud de todas es la del profesional que considera a los niños una especie de materia prima que hay que manejar. Por supuesto, debemos procurar no hacerles daño y, al amparo de la omnipotencia, atrevernos a esperar hacerles algún bien, pero solo un bien que no suponga dejar de tratarlos con respeto. No debemos imaginar que somos la Providencia o el Destino. No diré que nadie que trabaje en el ministerio de Educación puede escribir un buen cuento para niños, porque todo es posible, pero apostaría bastante dinero a que no puede.

Una vez, en el restaurante de un hotel, dije, seguramente en voz demasiado alta: «Odio las ciruelas»; «Yo también», respondió la inesperada voz de un niño de seis años desde otra mesa. La conexión fue instantánea. A ninguno de los dos nos pareció una situación divertida, pues ambos sabíamos que las ciruelas son demasiado malas para que lo sea. Ese es el tipo de comunicación idónea entre un hombre y un niño que no tienen una relación muy estrecha. De las más intensas y difíciles relaciones entre un niño y su padre o entre un niño y su profesor, no diré nada. Un autor, como mero autor, es ajeno a todo eso. Ni siquiera es un tío, es un hombre independiente y un igual, como el cartero, el carnicero y el perro del vecino.

III

A VECES LOS CUENTOS
DE HADAS DICEN MEJOR
LO QUE HAY QUE DECIR

EN EL SIGLO XVI, cuando todos decían que los poetas (nombre que daban a todos los escritores de ficción) debían «deleitar e instruir», Tasso estableció una valiosa distinción. En su opinión, al poeta, en cuanto que poeta, solo le concernía el placer del lector. Pero, por supuesto, todo poeta era también un hombre y un ciudadano, y en virtud de ello debía, y deseaba, hacer su trabajo tan edificante como deleitoso.

Pero no quiero aferrarme a ideas tan renacentistas como «deleitar» e «instruir». Antes de aceptar cualquiera de los dos términos, tendría que redefinirlos hasta tal extremo que lo que después quedase apenas merecería la pena. Lo que sí me interesa es la distinción entre el autor en tanto que autor y el autor en tanto que hombre, ciudadano o cristiano. A donde quiero ir a parar es a que, normalmente, existen dos razones para escribir una obra de ficción: la que podríamos llamar la razón del Autor y la que llamaríamos del Hombre. Si solo está presente una de las dos, al menos por lo que a mí respecta, el libro no llegará a escribirse. Si falta la primera, no se puede escribir; si falta la segunda, no se debe.

En la cabeza del autor borbotea de vez en cuando el material de una historia. En mi caso, todo comienza invariablemente con una imagen mental. Pero este fermento no conduce a nada si no viene acompañado del deseo de una Forma: verso o prosa, relato corto, novela, teatro, o la que sea. Cuando uno y otra encajan, el impulso del Autor está completo y en su interior se forja algo que pugna por salir. El Autor desea ver cómo el material borboteante se derrama en la Forma tanto como el ama de casa desea ver la compota recién hecha derramándose en el tarro vacío. Ese deseo le atormenta a todas horas y se inmiscuye en su trabajo y en su sueño y en sus comidas. Es como estar enamorado.

Mientras el Autor se encuentra en ese estado, el Hombre, por supuesto, tendrá que criticar el libro propuesto desde un punto de vista muy distinto. Preguntará de qué modo encaja la gratificación de ese impulso en todas las demás cosas que desea y debe hacer o ser. Quizá la idea sea demasiado frívola y trivial (en opinión del Hombre, no del Autor) para justificar el tiempo y los esfuerzos que supone. Quizá no resulte edificante una vez concluida. O quizá (en este punto el Autor se anima) tenga buena pinta, no solo en sentido literario, sino en todos los sentidos.

Esto puede parecer complicado, pero en realidad con otras cosas ocurre algo muy parecido. Te sientes atraído por una chica, pero ¿es la clase de chica con la que sería bueno o sensato casarse? Te apetece comer langosta, pero ¿te sienta bien, y no será una locura gastar tanto dinero en una comida? El impulso del autor es un deseo (se parece mucho a un picor) que, como cualquier otro, necesita la crítica del Hombre completo.

Permita el lector que aplique esta teoría a mis propios cuentos de hadas. Algunos piensan que comencé preguntándome cómo podría decirles a los niños algo acerca del cristianismo, que a continuación escogí el cuento de hadas como instrumento, que acto seguido recopilé información sobre la psicología del niño y decidí para qué grupo de edades escribiría y que luego elaboré una lista de verdades cristianas básicas y pergeñé unas «alegorías» con que darles cuerpo. Pero esto es pura pamplina. Yo no podría escribir así. Todo comenzaba con una imagen: un fauno con paraguas, una reina en trinco, un magnífico león. Al principio ni siquiera había en ellas nada cristiano, este elemento se fue abriendo paso por sí mismo. Formaba parte del borboteo.

A continuación venía la Forma. A medida que esas imágenes se resolvían en acontecimientos (es decir, se convertían en una historia), no parecían exigir ni el interés del amor ni una profunda psicología. Y la Forma que excluye ambas cosas es el cuento de hadas. En el preciso momento en que lo pensé, me enamoré de la Forma: su brevedad, sus severas restricciones en el terreno de la descripción, su tradicionalismo flexible, su inflexible hostilidad a cualquier análisis, digresión, reflexiones o «paja». Yo estaba enamorado. Sus limitaciones de vocabulario se convirtieron en un atractivo igual que la dureza de la piedra complace al escultor o la dificultad del soneto resulta deliciosa para el sonetista.

Desde ese punto de vista (el del Autor), escribía cuentos de hadas porque el cuento de hadas me parecía la Forma ideal para lo que yo tenía que decir.

Luego, por supuesto, le llegó el turno al Hombre que hay en mí. Creía ver de qué forma los cuentos de este tipo podían sortear cierta inhibición que durante mi infancia había paralizado gran parte de mis sentimientos religiosos. ¿Por qué resultaba tan difícil sentir cuando te decían que debías sentir a Dios o compadecerte de los sufrimientos de Cristo? En mi opinión, esto se debía principalmente a que a uno le habían dicho que tenía obligación de hacerlo. La obligación de sentir puede congelar los sentimientos. Y tanta reverencia también era perjudicial. Parecía obligado tratar el tema en voz baja, casi como si fuera un problema clínico. Pero ¿y si proyectando todo aquello en un universo imaginario, eliminando cualquier asociación con la escuela dominical y las vidrieras de la iglesia, se pudiera conseguir que, por vez primera, aflorase con toda su verdadera potencia? ¿No era posible sortear la vigilancia de aquellos dragones? Creo que se podía.

Esa era la razón del Hombre, pero por supuesto, nada podría haber hecho el Hombre si el Autor no hubiera entrado primero en ebullición.

Habrá advertido el lector que he hablado hasta ahora de cuentos de hadas y no de «cuentos para niños». Con

El señor de los anillos,[1] J. R. R. Tolkien ha demostrado que la relación de los niños con los cuentos de hadas no es tan estrecha como piensan editores y educadores. A muchos niños no les gustan y, en cambio, a muchos adultos sí. Lo cierto es que, como dice Tolkien, ahora se los asocia con la infancia porque entre los adultos ya no están de moda. En realidad, los han recluido en el cuarto de los niños por el mismo motivo por el que a ese mismo cuarto se retiraban los muebles viejos, no porque a los niños hayan empezado a gustarles, sino porque a sus mayores ya no les gustan.

En consecuencia, yo he escrito «para niños» únicamente en el sentido de que he excluido lo que pensaba que no les gustaría o no podrían comprender, no en el sentido de escribir algo que quedase por debajo de la atención de los adultos. Por supuesto, es posible que me engañe, pero, al menos, el principio mencionado me salva de la condescendencia. Nunca he escrito con condescendencia para nadie, y aunque esta opinión puede condenar o absolver mi obra, lo cierto es que creo que un libro que solo merece la pena leerse en la infancia no es un buen libro ni siquiera en esa época. Las inhibiciones infantiles que espero ayudar a superar con mis

---

1. Creo que Lewis se refiere en realidad al ensayo de Tolkien «On Fairy Stories», *Essays Presented to Charles Williams* (1947), p. 58. [En español, con el título de «Sobre los cuentos de hadas», se halla recogido en *Los monstruos y los críticos, y otros ensayos*, traducción de Eduardo Segura, Barcelona, Minotauro, 1998].

relatos también puede sufrirlas un adulto, que a su vez quizás pueda superarlas por los mismos medios.

Lo fantástico o lo mítico es una moda que algunos lectores pueden seguir a cualquier edad y otros, a ninguna. Y a cualquier edad, si el autor la utiliza bien y encuentra al lector indicado, tiene el mismo poder: el de generalizar sin dejar de ser concreta, el de presentar de forma atractiva no conceptos o experiencias, sino clases enteras de experiencia, y el de dejar de lado lo irrelevante. Pero, en su mejor versión, puede conseguir todavía más. Logra ofrecernos experiencias por las que nunca hemos pasado y, por lo tanto, en lugar de «comentar la vida», puede sumarse a ella. Hablo, por supuesto, del género mismo, no de mis tentativas.

De modo que «infantiles», ¡ja! ¿Acaso puedo mirar por encima del hombro el sueño porque los niños duerman profundamente? ¿O la miel porque a los niños les guste?

IV

EL GUSTO INFANTIL

Leí hace poco en un periódico la siguiente afirmación: «Los niños son otra raza». Hoy en día, según parece, muchos autores, y todavía más críticos, de lo que ha dado en llamarse «literatura infantil» o «libros para niños» están de acuerdo con tal afirmación. A los niños se les considera, desde cualquier punto de vista, una especie *literaria* diferente y la publicación de libros destinados a satisfacer su supuestamente extraño y peculiar gusto se ha convertido casi en una industria pesada.

En mi opinión, sin embargo, esta teoría no se basa en los hechos. En primer lugar, no existe un gusto literario común a todos los niños. Entre ellos hay tantas diferencias como entre nosotros. Muchos, como nosotros, no leen si encuentran otra cosa con la que entretenerse. Algunos optan por libros tranquilos y realistas, por «trozos de vida» (por ejemplo, *The Daisy Chain*, igual que algunos optamos por Trollope.

A otros les gustan los libros fantásticos como a nosotros nos gustan la *Odisea*, Boyardo, Ariosto, Spenser o Mervyn Peake. A otros les interesa casi exclusivamente el ensayo, lo mismo que les sucede a algunos adultos.

61

Entre ellos hay omnívoros, como entre nosotros. Los niños tontos prefieren las novelas rosas de la vida escolar, pero también hay adultos tontos a quienes les encantan las novelas rosas de la vida adulta.

También podemos abordar la cuestión desde otro punto de vista y elaborar una lista de obras que, según me han dicho, gustan por lo general a los niños y a los jóvenes. Supongo que sería razonable introducir en esa lista a Esopo, *Las mil y una noches*, *Gulliver*, *Robinson Crusoe*, *La isla del tesoro*, los cuentos de Beatrix Potter y *El viento en los sauces*. Solo las tres últimas obras fueron escritas para niños, pero muchos adultos las leen con gusto. En cuanto a mí, no me gustaron *Las mil y una noches* cuando las leí de pequeño y siguen sin gustarme.

Frente a esto puede aducirse que el que los niños disfruten con libros escritos para mayores no refuta en modo alguno la teoría de que existe un gusto específicamente infantil. Seleccionan (podríamos decir) esa minoría de obras que por casualidad les gustan, de igual forma que un extranjero podría seleccionar de Inglaterra los platos de la cocina inglesa que más se acomodan a su paladar foráneo. Por regla general, en efecto, se ha dicho que el gusto específicamente infantil es aquel que se decanta por la aventura y lo maravilloso.

Pero esto, como el lector habrá advertido, supone que consideremos específicamente infantil un gusto que en muchos lugares y épocas, tal vez en la mayoría, ha sido el gusto de toda la especie humana. Los relatos de las mitologías griega y nórdica, de Homero, de Spenser o del folklore que los niños (no todos los niños) leen con delectación fueron antaño del gusto de todos.

Ni siquiera el cuento de hadas *proprement dit* estaba en sus orígenes destinado a los niños; por el contrario, se contaba y disfrutaba (precisamente) en la corte de Luis XIV. Como Tolkien ha señalado, fue arrinconado en el cuarto de los niños cuando dejó de estar de moda entre los adultos, como se hacía con los muebles pasados de moda. Ni siquiera aunque lo maravilloso gustase a todos los niños y no a ningún adulto, que no es el caso, deberíamos decir que la peculiaridad de los niños reside precisamente en ese gusto. Su peculiaridad es que *todavía* les gusta, incluso en el siglo XX.

No me parece útil decir: «Lo que deleitaba a la infancia de la especie continúa deleitando a la infancia del individuo». Esta afirmación implica un paralelismo entre el individuo y la especie que no estamos en condiciones de establecer. ¿Qué edad tiene el Hombre? ¿Está la especie en su infancia, en su madurez o ya en la vejez? Puesto que no sabemos cuándo comenzó el Hombre exactamente y no tenemos idea de cuándo acabará, la pregunta es más bien absurda. ¿Quién sabe si llegará a alcanzar la madurez? Tal vez lo maten en su infancia.

Sin duda sería menos arrogante, y más acorde con los hechos, afirmar que la peculiaridad del lector infantil consiste en que no es peculiar. Somos nosotros quienes lo somos. En el terreno de los gustos literarios, las modas van y vienen entre los adultos y cada época tiene sus propios dogmas. Estos no mejoran el gusto de los niños cuando son buenos, pero tampoco lo corrompen cuando son malos; y es que los niños solo leen por divertirse y gozar. Por supuesto, debido a su vocabulario limitado y a su ignorancia del mundo, muchos libros les resultan ininteligibles, pero aparte de esto, el gusto infantil es, sencillamente, el gusto de los hombres, transmitido de época en época, tonto o sabio con una tontuna o una sabiduría universales, e independiente de modas, movimientos y revoluciones literarias.

Esto tiene una curiosa consecuencia. Cuando el *establishment* literario —el canon aprobado del gusto— es tan extraordinariamente árido y estrecho como el actual, gran parte de lo que se escribe ha de dirigirse en primer lugar a los niños si es que ha de llegar a imprimirse. Quienes tienen una historia que contar deben apelar a ese público al que todavía le importa el arte de la narración.

El mundo literario actual está poco interesado en el arte narrativo como tal, le preocupan más las novedades técnicas y las «ideas», por las cuales entiende no conceptos literarios, sino sociales o psicológicos. En la mayoría de las épocas, las ideas (literarias) sobre las que están construidas *Los incursores*, de Mary Norton, o *Mistress Masham's Repose*, de T. H. White, no tendrían por qué circunscribirse a la literatura infantil.

De esto se sigue que en la actualidad existen dos tipos distintos de escritores de «literatura infantil». Primero están los que se equivocan, los que creen que los niños «son otra raza». Además, reconstruyen cuidadosamente los gustos de estas criaturas extrañas —igual que un

antropólogo observa las costumbres de una tribu salvaje— e incluso los gustos de un grupo de edad muy
definido y perteneciente a una clase social determinada
que forma parte de la «otra raza». Cocinan no lo que les
gusta, sino lo que creen que les gusta a los miembros de
la otra raza. Y en el preparado intervienen motivos edu-
cativos y morales, además de comerciales.

Luego están los autores que aciertan, los que traba-
jan a partir del terreno común, universal y humano que
comparten con los niños y, en realidad, con numerosos
adultos. En sus libros ponen la etiqueta «Para niños»
porque los niños son el único mercado actualmente reconocido para los libros que ellos, en todo caso, desean
escribir.

V

TODO COMENZÓ CON
UNA IMAGEN

MI EDITOR ME ha pedido que les cuente cómo se me ocurrió escribir *El león, la bruja y el ropero*. Lo intentaré, pero les aconsejo que no crean todo lo que dicen los autores sobre cómo escriben sus libros, y no porque pretendan mentirles, sino porque cuando un hombre escribe una historia está demasiado inmerso en ella como para reclinarse en su asiento y reflexionar acerca de cómo lo hace. En realidad, el hecho de hacerlo podría interrumpir el trabajo. Es como si usted empezara a pensar cómo se anuda la corbata mientras se anuda la corbata. Apuesto a que no sería capaz de acabar el nudo. Luego, cuando un autor termina su historia, olvida buena parte de lo que sintió al escribirla.

De una cosa estoy seguro. Mis siete libros de las *Crónicas de Narnia* y los tres de ciencia ficción comenzaron cuando se me pasaban por la cabeza ciertas imágenes. Al principio no había historia, solo imágenes. *El león* empezó con la imagen de un fauno que llevaba un paraguas y unos paquetes por un bosque nevado. Llevaba grabada esa imagen desde que tenía unos dieciséis años.

Luego, cierto día, cuando rondaba los cuarenta, me dije: «Intentemos construir una historia a partir de esa imagen».

Al principio no sabía en qué consistiría la historia, pero entonces, de repente, apareció Aslan dando saltos. Creo que en aquella época tuve muchos sueños en los que aparecían leones. Aparte de esto, no sé de dónde salió aquel león ni por qué. Sin embargo, en cuanto llegó, comenzó a hilvanar la historia y, muy pronto, a hilvanar los otros seis libros de Narnia.

Como verán, en cierto sentido sé muy poco de cómo nació esta historia. Es decir, no sé de dónde salieron aquellas imágenes. Tampoco creo que nadie sepa exactamente de qué modo elabora su material. El proceso de elaboración es algo misterioso. ¿Acaso se puede explicar *cómo* ocurre una idea?

VI

SOBRE LA CRÍTICA

ME PROPONGO HABLAR de las maneras en que un escritor que además cultiva la crítica literaria puede mejorar como crítico leyendo las reseñas de su propia obra. Pero debo delimitar el tema un poco más. Solía pensarse que una de las funciones del crítico era ayudar a los autores a escribir mejor. Se suponía que sus elogios y censuras debían mostrarles dónde y cómo triunfaban o fallaban para que, la próxima vez y aprovechando el diagnóstico, pudieran corregir sus faltas y potenciar sus virtudes. Esto es lo que Pope tenía en mente cuando dijo: «Utiliza a todos tus amigos... y a todos tus enemigos». Pero no es de esto de lo que quiero hablar. De ese modo, no hay duda, el autor-crítico podría sacar provecho, como crítico, de las reseñas de su obra crítica. Pero de lo que yo quiero ocuparme es de cómo puede aprovechar, como crítico, las reseñas de aquellas obras suyas que no pertenecen al género crítico (poemas, obras de teatro, relatos o lo que sea); de lo que puede aprender sobre el arte de la crítica cuando la crítica lo escoge a él; de cómo puede, a partir del tratamiento que reciben sus obras de ficción, convertirse en un crítico mejor o menos malo de las obras de ficción escritas por otros. Porque lo que pretendo demostrar es que, cuando es tu propia obra la que es objeto de crítica, te encuentras, en cierto sentido, en una posición especialmente ventajosa para detectar la calidad o falta de calidad de esa crítica.

Esto puede parecer paradójico, pero, naturalmente, todo gira en torno a mis reservas, *en cierto sentido*. Por supuesto, en otro sentido puede decirse que no hay hombre menos cualificado para juzgar las reseñas de un libro que su autor. Evidentemente, el autor no puede juzgar la valoración de las reseñas de su obra, porque no es imparcial. Y tanto si esto le lleva, ingenuamente, a dar por buenas todas las críticas laudatorias y a condenar todas las críticas desfavorables, como si, en su esfuerzo por no ser parcial, le lleva a poner las cosas patas arriba (lo que es exactamente lo mismo) y subestimar a todo aquel que le elogia y admirar a aquellos que le censuran, lo cierto es que se trata de un factor de perturbación. De ahí que, si por crítica entendemos únicamente la valoración de una obra, ningún hombre pueda juzgar las críticas que reciben sus libros. En realidad, sin embargo, la mayoría de lo que llamamos «literatura crítica» abarca bastantes cosas además de la valoración. Esto es especialmente cierto tanto de las reseñas de periódicos y revistas como de las críticas incluidas en los libros dedicados a la historia de la literatura, porque todas ellas deberían, y normalmente lo procuran, informar a sus lectores además de orientar su juicio. Ahora bien, si los críticos se ocupan de la valoración de una obra, yo sostengo que el autor puede ver los méritos y deméritos de la crítica mejor que nadie. Y creo que, si el autor además es crítico, puede aprender de los críticos a emular los primeros y a evitar los segundos, a no cometer con las obras de los autores muertos los mismos errores que se cometen con la suya.

Espero que quede claro que al hablar de lo que creo que he aprendido de mis propios críticos no intento hacer, en modo alguno, lo que podría llamarse una «respuesta a la crítica». De hecho, esto sería incompatible con lo que en realidad pretendo. Algunos de los críticos que más culpables encuentro de los vicios que voy a mencionar me hicieron reseñas completamente favorables; uno de los más severos que he tenido estaba, a mi juicio, libre de ellos. Supongo que todo autor habrá tenido la misma experiencia. Los escritores, no hay duda, pecamos de amor propio, pero este no siempre tiene que ser tan voraz como para abolir toda discriminación. Creo que los elogios fatuos de un tonto manifiesto pueden herir más que cualquier menosprecio.

Hay un defecto crítico del que debo librarme cuanto antes porque no forma parte de mi verdadero tema: me refiero a la falta de honradez. Según he podido observar, el mundo literario moderno no contempla la honradez más estricta ni siquiera como ideal. Cuando yo era un escritor joven y desconocido a punto de conseguir mi primera publicación, un amigo amable me dijo: «¿Tienes dificultades con las reseñas? Yo puedo hablar de ti a ciertas personas [...]». Es casi como si, antes de un examen final, alguien dijera a un estudiante: «¿Conoces a los

profesores que te van a examinar? Yo podría hablarles
muy bien de ti». Años más tarde, otro hombre que me
había hecho una crítica muy tibia me escribió una carta
(aunque yo no le conocía) en la que me decía que en realidad opinaba que mi libro era mucho mejor de lo que
se deducía por su reseña, «Pero, naturalmente —afirmaba—, si lo elogiaba más, Fulano de Tal no me habría
publicado». En otra ocasión, alguien me atacó desde un
periódico llamado X. Poco después esa persona escribió
un libro. El director de X me ofreció reseñar ese libro
precisamente a mí. Seguramente, solo pretendía enemis-
tarnos públicamente a la otra persona y a mí para mayor
diversión de los lectores y a fin de incrementar las ven-
tas. Pero incluso si aceptamos la posibilidad más favora-
ble, esto es, si pensamos que este director tenía una idea
un tanto burda de eso que llaman deportividad y se dijo:
«A ha ido por B, así que ahora es justo dar a B la oportunidad de ir por A»; incluso en ese caso es evidente que
no tiene la menor idea de lo que significa ser honrado
con los lectores, gracias a los cuales se gana la vida. Sus
lectores tienen, cuando menos, derecho a la honradez, es
decir, a una crítica imparcial y no sesgada, y el director
no pudo pensar que yo era la persona idónea para juzgar ese libro con imparcialidad. Pero resulta todavía más
molesto que siempre que cuento esta historia alguien me
replique —con suavidad, sin ningún énfasis— con la siguiente pregunta: «¿La escribiste?». En mi opinión, esto
es insultante, porque no comprendo que una persona
honrada pueda hacer otra cosa que lo que hice: rechazar

la impropia propuesta de aquel director. Por supuesto, su intención no era insultarme. Este es precisamente el problema. Cuando un hombre da por supuesto que soy un bellaco con la intención de insultarme, no le doy gran importancia, tal vez esté enfadado. Es cuando lo asume sin la menor sospecha de que puede ofender a alguien, cuando revela que ignora que en algún tiempo hubo modelos de comportamiento para los que esa actitud podía resultar insultante, cuando me parece que un abismo se abre bajo mis pies.

Si excluyo la cuestión de la honradez de mi tema principal, no es porque me parezca poco importante. En realidad, me parece trascendental. Si llega alguna vez un momento en que la honradez de los críticos se dé por supuesta, creo que los hombres considerarán el presente estado de cosas como ahora consideramos nosotros aquellos países o épocas en que aceptar sobornos era algo generalizado entre jueces o examinadores. El motivo de que despache la cuestión tan brevemente es que quiero hablar de las cosas que, espero, he aprendido de mis propios críticos, y esta no es una de ellas. Mucho antes de convertirme en escritor me dijeron que uno no debe contar mentiras (ni siquiera por *suppressio veri* o *suggestio falsi*) ni aceptar dinero por hacer algo y luego, en secreto, hacer otra cosa muy distinta. Me gustaría añadir, antes de abandonar esta cuestión, que no debemos juzgar a estos críticos corruptos con demasiada severidad. Mucho hay que perdonar a un hombre que desempeña una profesión corrupta en unos tiempos corruptos.

Sin duda se puede condenar al juez que acepta sobornos en una época o lugar donde todos aceptan sobornos, pero no tanto como al juez que lo hace en una civilización más sana.

Y ahora vuelvo a mi tema principal.

Lo primero que he aprendido de mis críticos no es la necesidad (algo que en principio todos daríamos por supuesto), sino la extrema singularidad, de ese trabajo preliminar concienzudo que toda labor crítica debería exigir. Me refiero, por supuesto, a una lectura cuidadosa de aquello que uno critica. Esto puede parecer demasiado obvio para detenerse en ello. Si lo sitúo en primer lugar es precisamente porque es obvio y también porque espero que ilustre mi tesis de que en algunos sentidos (por supuesto que en otros no) el autor no es el peor, sino el mejor juez de sus críticos. Aunque pueda ignorar el valor de su obra, es al menos un experto en su contenido. Cuando has planificado y escrito y reescrito un libro y has leído las pruebas dos o más veces, sabes lo que hay en él mejor que ninguna otra persona. Al decir «lo que hay en él» no estoy hablando en sentido metafórico o sutil (en ese sentido, puede que no haya «nada en él»), sino que me refiero, sencillamente, a que el autor sabe qué palabras hay en su obra y cuáles no. A no ser que ya hayas sido objeto de unas cuantas críticas, te resultará casi increíble el número de críticos que no han hecho un trabajo preliminar concienzudo. Y no me refiero solo a los críticos adversos. Hasta cierto punto, a estos los entendemos. Tener que leer a un autor que es para ti como un mal olor o un dolor de muelas es una tarea muy dura. Cómo saber si un hombre ocupado se limita a leer por encima un libro porque le resulta desagradable y quiere pasar lo antes posible al mucho más agradable ejercicio del insulto y la denigración. Sin embargo, nosotros, los profesores, leemos los más aburridos, aborrecibles e ilegibles exámenes antes de poner las notas; y no porque nos guste, ni siquiera porque pensemos que las respuestas son dignas de ello, sino porque hemos aceptado un salario por hacerlo. En realidad, sin embargo, los críticos laudatorios demuestran un desconocimiento del texto equiparable. También ellos prefieren escribir a leer. A veces, y esto sucede con ambos tipos de reseñas, el desconocimiento no se debe a la pereza. Muchas personas empiezan por pensar que saben lo que vas a decir y creen sinceramente que han leído lo que esperaban leer. Sea por la razón que sea, lo cierto es que, cuando eres objeto de críticas frecuentes, acabas por darte cuenta de que te elogian o te condenan por decir lo que no has dicho y por no decir lo que sí has dicho.

Por supuesto, es cierto que un buen crítico puede formarse una idea correcta de un libro sin leer todas y cada una de sus frases. A esto es quizás a lo que Sidney Smith se refería cuando dijo: «No se debe leer un libro antes de reseñarlo. Solo sirve para que te formes prejuicios». Pero no estoy hablando de las valoraciones basadas en una lectura imperfecta, sino de falsedades concretas sobre lo que contiene o no contiene. Por supuesto, las afirmaciones negativas son particularmente peligrosas para

el crítico perezoso o apresurado. Y aquí todos los críticos tenemos una lección que aprender. Un solo pasaje
de *The Faerie Queene* puede justificar la afirmación de
que Spenser hace esto o lo otro algunas veces, pero solo
una lectura exhaustiva y una memoria infalible podrán
justificar que digamos que nunca hace aquello otro. Esto
todo el mundo lo comprende. Lo que se nos escapa más
fácilmente es la negativa que esconden algunas afirmaciones aparentemente positivas, como, por ejemplo, las
que contienen el adjetivo «nuevo». Alguien dice, a la li-
gera, que algo que hicieron Donne o Sterne o Hopkins
era nuevo, y al decirlo afirma también, negativamente,
que nadie lo había hecho antes. Sin embargo, esto queda
fuera del alcance de nuestro conocimiento o, más rigu-
rosamente, del conocimiento de cualquiera. De igual
modo, las cosas que todos podemos decir acerca del
crecimiento o desarrollo de un poeta implican a veces
la afirmación negativa de que no escribió nada más que
lo que ha llegado hasta nosotros (que es algo que nadie
sabe). No hemos visto el contenido de su papelera: si lo
hubiéramos hecho, lo que nos parece un cambio brusco
de estilo entre el poema A y el poema B quizá no resul-
tara ser tan brusco.

Sería un error cerrar este capítulo sin decir que, pese a
lo que pueda suceder con los críticos de prensa, los críticos académicos me parecen mejores que nunca. Los días
en que Macaulay podía afirmar, sin consecuencias, que
en *The Faerie Queene* se narraba la muerte de la Bestia
de las Cien Bocas, o en que Dryden se atrevía a comentar

que Chapman había traducido la *Ilíada* en alejandrinos han pasado a la historia. En conjunto, ahora hacemos nuestros deberes bastante bien. Aunque todavía no sean perfectos. Sobre las obras más oscuras todavía circulan entre los críticos algunas ideas que no han sido verificadas por medio de la lectura. En mi poder tengo una prueba personal y divertida de ello: el ejemplar de la obra de cierto prolífico poeta, que perteneció a un gran estudioso. Al principio tenía la impresión de haber encontrado un tesoro. La primera y la segunda páginas estaban llenas de notas interesantes y muy eruditas, escritas en una letra legible y aseada. La tercera página tenía menos notas; después, y durante el resto del primer poema, no había nada. Todo el libro estaba igual: las primeras páginas de cada poema anotadas; el resto, como nuevas. «Hasta las entrañas de esta tierra» siempre, y no más lejos. Y sin embargo, este estudioso se atrevió a comentar al poeta en cuestión.

Esta es, por tanto, la primera lección que me han enseñado mis críticas. Y de ella, naturalmente, puede extraerse otra lección: que nadie intente ganarse la vida como crítico a menos que no le quede otro remedio. Ese fatal desconocimiento del texto no siempre es fruto de la pereza o de la mala intención. Puede ser la consecuencia de una derrota a causa de una carga intolerable. Vivir día y noche con esa insalvable montaña de libros recién publicados (la mayoría poco agradables) que se acumula en tu mesa, verse impelido a decir algo cuando no tienes nada que decir, trabajar siempre con retraso... la verdad es que hay mucho que perdonar a alguien tan esclavo. Aunque, por supuesto, afirmar que algo es excusable es confesar que necesita excusa.

Ahora voy a referirme a otra cosa que me interesa mucho más. Es el principal pecado que detecto en los críticos y creo que a todos nos resultará muy difícil desterrarlo de nuestra obra crítica. Casi todos los críticos tienden a imaginar que saben de un libro muchos datos relevantes que en realidad no saben. El autor, es inevitable, percibe su ignorancia porque él (y normalmente solo él) sí conoce los hechos. Este vicio crítico puede adoptar formas muy distintas.

1. Casi todos los críticos dan por supuesto que escribiste tus libros en el mismo orden en que se han publicado y poco antes de su puesta en venta. Buen ejemplo de esta suposición son las recientes reseñas de *El señor de los anillos*, de Tolkien. La mayoría de los críticos supusieron (lo que ilustra un vicio distinto) que la obra debía de ser una alegoría política y muchos de ellos, que el Anillo Único tenía que «ser» la bomba atómica. Cualquiera que conociese la verdadera historia de la composición del libro sabía que esto no solo no era cierto, sino que además era imposible, cronológicamente imposible. Otros dieron por sentado que la mitología de la novela se derivaba del cuento para niños de Tolkien, *El hobbit*. Sin embargo, los amigos del autor sabían que esto también era falso. Pero, por supuesto, nadie censura a los críticos por no saber estas cosas. ¿Cómo iban a saberlas? El problema es que no saben que no saben.

Hacen una suposición y la ponen por escrito sin darse cuenta siquiera de que es una suposición. Aquí, ciertamente, la advertencia a todos los que somos críticos es muy clara y llamativa. Los críticos de *Piers Plowman* y *The Faerie Queene* elaboran gigantescas hipótesis sobre la historia de estas composiciones. Naturalmente, todos deberíamos admitir el carácter conjetural de esas hipótesis. Pero al ser conjeturas, podría preguntarme el lector, ¿no tienen algunas de ellas probabilidad de ser ciertas? Tal vez, pero mi experiencia como autor objeto de críticas me lleva a pensar que esa probabilidad es muy pequeña. Y es que, cuando conoces los hechos, te das cuenta de que, con frecuencia, esas hipótesis son completamente erróneas. Según parece, sus probabilidades de ser ciertas son pocas incluso cuando están elaboradas con sensatez. Por supuesto, no olvido que el crítico (como es natural) no ha dedicado al estudio de mi libro el tiempo que el erudito ha dedicado a Langland o a Spenser. Pero yo tenía derecho a esperar que esto se viera compensado por ventajas de las que él dispone y al erudito le faltan. Después de todo, vive en mi misma época, está sometido a las mismas corrientes de opinión y fluctuaciones del gusto, y ha tenido el mismo tipo de educación. No puede evitar saber mucho de mi generación, mi época y los círculos en que probablemente me muevo: los críticos son buenos en esta clase de cosas y se toman gran interés por ellas. Incluso es posible que él y yo tengamos amistades comunes. Sin duda, está al menos en tan buena posición para averiguar cosas sobre mí como cualquier estudioso para saber cosas de los que ya murieron. Y, sin embargo, rara vez acierta en sus deducciones. Por esta razón no puedo evitar la convicción de que suposiciones similares sobre los autores ya fallecidos nos parecen plausibles solo porque los muertos no pueden refutarlas. Y también estoy convencido de que una conversación de cinco minutos con Spenser o con Langland podría deshilachar ese tejido tan bien hilvanado. Y advierta el lector que en todas estas conjeturas el error del crítico ha sido más bien gratuito. Ha descuidado eso por lo que le pagan, y que quizá podría hacer, por hacer algo distinto. Su oficio consiste en ofrecer información sobre el libro que reseña y juzgarlo. Las suposiciones sobre la historia de su composición quedan lejos de su cometido. Y, a este respecto, estoy seguro de que mi opinión es imparcial. Las historias imaginarias que se han escrito sobre mis obras no siempre son ofensivas. A veces son incluso laudatorias. No tengo nada en contra de ellas excepto que no son ciertas y que, aunque lo fueran, serían irrelevantes. *Mutato nomine de me*. Debo aprender a no hacer lo mismo que con los muertos y, si arriesgo una conjetura, debe ser con pleno conocimiento, y con una clara advertencia a mis lectores de que es una posibilidad remota, con más probabilidades de no ser cierta que de serlo.

2. Otro tipo de crítico que también especula sobre la génesis de tu libro es el psicólogo aficionado. Tiene una teoría freudiana de la literatura y presume de saberlo todo sobre tus inhibiciones. Sabe qué deseos no admitidos quieres complacer. Aquí, por supuesto, uno

no puede declarar, en el mismo sentido que antes, que conoce todos los hechos. Por definición, no eres consciente de las cosas que el crítico se precia de descubrir. Por lo tanto, cuanto más te esfuerzas por desautorizarle, más razón le das; aunque, curiosamente, admitir que está en lo cierto también equivale a darle la razón. Y existe otra dificultad. Aquí, uno no puede evitar la parcialidad tan fácilmente, porque este procedimiento está casi por entero limitado a los críticos hostiles. Y, ahora que lo pienso, rara vez he visto que se practicase sobre un autor ya fallecido si no era por algún estudioso que, al menos en cierta medida, pretendiera desacreditarle. Esto puede ser significativo en sí mismo. Y no sería descabellado señalar que un profesional juzgaría suficiente la prueba en que esos psicólogos aficionados basan sus diagnósticos. Aunque no hayan tumbado a su autor en el diván, ni escuchado sus sueños, ni tengan su historial clínico. Pero aquí solo me preocupa lo que el autor pueda decir de ese tipo de reseñas porque es el autor. Seguramente, por mucho que ignore su subconsciente, sabe algo más que los críticos del contenido de su mente consciente. Pese a ello verá cómo pasan por alto lo que (para él) son los motivos conscientes y obvios de algunos elementos. Si los críticos los mencionasen y a continuación los descartasen calificándolos de «racionalización» del autor (o paciente), quizá tuvieran razón, pero el caso es que ni se les pasa por la cabeza. Nunca se dan cuenta de por qué, en razón de la estructura de la historia, de la naturaleza del arte narrativo, tal episodio o imagen (o lo que sea) tiene que estar precisamente donde está. Resulta, de hecho, bastante claro que, a pesar de toda su psicología, estos críticos jamás han reparado en un impulso concreto: el impulso plástico, el impulso de hacer una cosa, de darle forma, unidad, relieve, contraste, estructura. Pero este, por desgracia, es el impulso que por encima de todo motivó la escritura de la obra en cuestión. Es evidente que esos críticos no sienten este impulso y, naturalmente, no lo sospechan en los demás. Al parecer, imaginan que escribir un libro es para el autor como soltar un suspiro o una lágrima o como la escritura automática. Bien podría ser que en todo libro hubiera una gran parte que se origina en el subconsciente, pero, cuando se trata de uno de tus libros, también conoces los motivos conscientes. Puedes equivocarte al pensar que explican por completo este o aquel otro elemento, pero te resulta difícil creer las explicaciones que del fondo marino ofrecen aquellos que no aciertan a ver los objetos que flotan en la superficie. Podrían tener razón, pero solo por casualidad. También yo, si intentase un diagnóstico similar sobre los muertos, podría acertar, aunque solo fuera por casualidad.

Lo cierto es que una gran parte de lo que proviene del subconsciente y por esa misma razón nos parece tan atractivo e importante en las primeras etapas de la planificación de un libro es expurgado y queda descartado mucho antes de que la obra esté terminada. De igual modo, los demás solo nos cuentan (siempre que no sean personas aburridas) los sueños que son divertidos o interesantes según los criterios de la mente cuando estamos despiertos.

3. Llego ahora a la historia ficticia de la composición de un libro, pero de una forma mucho más sutil. Creo que en esto los críticos, y por supuesto nosotros cuando hacemos crítica, se engañan o confunden con respecto a lo que de verdad están haciendo. Es posible que el engaño resida en las propias palabras. Usted y yo podríamos condenar un pasaje de un libro porque es «forzado». ¿Queremos decir con esto que suena forzado? ¿O estamos avanzando la teoría de que al autor le costó gran esfuerzo escribirlo? ¿O hay veces en que no estamos seguros de lo que queremos decir? Si queremos decir lo segundo, advierta el lector que ya no estamos haciendo crítica. En lugar de señalar los defectos de ese pasaje, estamos inventando una historia para explicar, de un modo causal, de dónde provienen tales defectos. Y, si no tenemos cuidado, podemos completar nuestra historia y transmitirla como si hubiéramos hecho todo lo necesario, sin advertir que ni siquiera hemos llegado a mencionar los defectos en cuestión. Explicamos algo en virtud de sus causas sin siquiera decir qué es. Podemos incurrir en lo mismo cuando pensamos que lo que hacemos es elogiar al autor. Podemos decir que un pasaje es espontáneo y fluido. ¿Queremos decir que suena como si lo fuera, o que realmente fue escrito sin esfuerzo y *currente calamo*? Pero sea lo que sea lo que queremos decir, ¿no sería en cambio más interesante y estaría más

dentro de la órbita del crítico señalar los méritos del pasaje que hacen que deseemos elogiarlo?

El problema es que ciertos términos críticos — «inspirado», «superficial», «puntilloso», «convencional» — insinúan una historia de la composición imaginaria. El vicio crítico del que hablo consiste en ceder a la tentación ficticia y en lugar de decirnos lo que hay de malo y de bueno en un libro, inventar historias sobre el proceso que condujo a lo que de bueno o de malo pueda tener. ¿O acaso se dejan confundir por el doble sentido de las palabras «por qué»? Porque, por supuesto, la pregunta «¿Por qué es malo?» puede significar dos cosas: a) ¿Qué quiere decir cuando dice que es malo? ¿En qué consiste su falta de calidad? Dame la Causa Formal; o b) ¿Por qué ha llegado a ser tan malo? ¿Por qué está tan mal escrito? Deme la «causa eficiente». A mi juicio, la primera es la pregunta esencial de un crítico. Los críticos en que estoy pensando responden a la segunda, normalmente mal, y por desgracia consideran su respuesta un sustituto de la respuesta a la primera.

Por eso, cuando un crítico dice de un pasaje que es «un añadido» tiene tantas posibilidades de acertar como de equivocarse. Puede tener mucha razón al pensar que es malo y, presumiblemente, le parecerá que ha vislumbrado el tipo de defectos que cabe esperar de un añadido de última hora. Pero ¿no sería mucho mejor exponer lo que está mal en lugar de elaborar hipótesis sobre su origen? Ciertamente, esto es lo único que haría que el crítico le fuera útil al autor. Yo, en tanto que autor, puedo saber que el pasaje que consideran un añadido fue, en realidad, la semilla de la que creció el libro entero. Me encantaría que me dijeran qué incoherencia o irrelevancia o monotonía hace que parezca un añadido. Eso me ayudaría a evitar los mismos errores la próxima vez. Saber lo que el crítico imagina, erróneamente, sobre la historia del pasaje en cuestión no me sirve de nada. Tampoco les sirve de mucho a los lectores. Tienen todo el derecho a que les digan qué defectos tiene mi libro, pero el que pueda tener ese pasaje, que nada tiene que ver con una hipótesis (rotundamente afirmada como hecho) sobre su origen, es precisamente lo que no le dicen.

Ahora voy a detenerme en un ejemplo que es especialmente revelador porque estoy seguro de que la valoración del crítico era correcta. Al reseñar uno de mis libros de ensayos, un crítico afirmó que uno de ellos estaba escrito sin convicción, que era rutinario y que yo no había puesto el corazón en él, o algo parecido. Sin embargo, en esto último se equivocaba por completo. De todos los artículos del libro, aquel era el que más apreciaba y el que escribí con más ardor.[1] Pero el crítico acertaba al pensar que era el peor. Todo el mundo coincide con él en este punto. Yo estoy de acuerdo con él. Pero, como puede advertirse, ni los lectores ni yo aprendemos nada nuevo de los defectos de aquel artículo al leer la reseña. Este crítico es como un médico que no diera un

---

1. Lewis, estoy seguro, se refiere al artículo dedicado a William Morris en *Rehabilitations and Other Essays (1939)*.

diagnóstico ni prescribiera una cura, sino que se limitara a decir cómo contrajo el paciente la enfermedad (que sigue sin especificar), y además equivocándose, porque describiría escenas y acontecimientos sobre los cuales no tiene pruebas. Los amantes padres le preguntan: «¿Qué es, doctor, escarlatina, sarampión o varicela?». Y el médico contesta: «Eso depende de si ha contraído la enfermedad en uno de esos trenes que van tan llenos». (En realidad, hace tiempo que el paciente no viaja en tren). A continuación los padres vuelven a preguntar: «Pero ¿qué tenemos qué hacer? ¿Qué tratamiento debemos seguir?». Y el médico responde: «Pueden estar seguros de que es una enfermedad contagiosa», tras lo cual, sube a su auto y se marcha.

Advirtamos aquí la total indiferencia por la concepción de la escritura como técnica, la asunción de que el estado psicológico del escritor siempre se refleja sin obstáculos ni disfraces en el producto final. ¿Cómo es posible que no sepan que en la escritura, como en la carpintería, o en el tenis, o en la oración, o en el sexo, o en la cocina, o en la administración o en cualquier otra cosa, conviven la técnica y también esos altibajos temporales de destreza que un hombre describe diciendo que «está en buena o mala forma», que tiene la mano «inspirada» o no, o que tiene un día bueno o malo?

Esta es la lección, aunque ponerla en práctica resulte muy difícil. Es necesaria una gran perseverancia para obligarse, cuando uno ejerce la crítica, a concentrarse sobre el producto que tiene ante sí en lugar de escribir ficción sobre la psicología del autor o sus métodos de trabajo, a los cuales uno, como es lógico, no tiene acceso. «Sincero», por ejemplo, es una palabra que deberíamos evitar. La verdadera pregunta es qué hace que algo *suene* sincero o no. Cualquiera que haya censurado cartas en el Ejército sabe que las personas semiinstruidas, aunque en realidad no son menos sinceras que las demás, raras veces *suenan* sinceras cuando se dirigen a otros por escrito. De hecho, todos sabemos por nuestra experiencia con la redacción de cartas de condolencia que las ocasiones en que más conmovidos estamos no son necesariamente aquellas en que nuestras cartas más lo reflejan. Es posible que otros días en que sentimos mucho menos, nuestras cartas sean mucho más convincentes. Y, por supuesto, el peligro de error es en proporción mayor conforme menor sea nuestra experiencia en el género que criticamos. Cuando criticamos un tipo de obra que jamás hemos abordado previamente, debemos darnos cuenta de que no sabemos cómo se escriben las obras de ese tipo, qué dificultades o facilidades ofrecen y en qué errores concretos se puede incurrir. Muchos críticos tienen una idea muy clara de cómo procederían si intentasen escribir el tipo de libro que tú has escrito y presuponen que has seguido su mismo procedimiento. Con ello suelen revelar, de manera inconsciente, por qué nunca han escrito un libro de ese tipo.

En absoluto quiero decir que no deberíamos criticar una obra de un género que previamente no hayamos abordado. Al contrario, no debemos hacer otra cosa que criticarla. Podemos analizarla y sopesar sus defectos y virtudes. Lo que no debemos hacer es escribir historias imaginarias. Sé que la cerveza que sirven en los bares de las estaciones es mala y hasta cierto punto podría decir por qué en uno de los sentidos del término (esto es, podría dar la Causa Formal): está tibia, agria y turbia, y es floja. Pero para decir por qué en el otro sentido (la «causa eficiente»), tendría que ser cervecero o propietario de un bar o ambas cosas y saber cómo se fabrica, se almacena y se sirve la cerveza.

Con mucho gusto sería menos austero de lo necesario. Debo admitir que las palabras que parecen insinuar, en un sentido literal, una historia de la composición pueden utilizarse algunas veces como meros indicativos elípticos del carácter de la obra. Quizás cuando alguien dice que algo parece «forzado» o «sin esfuerzo» no esté diciendo que sabe cómo fue escrito, sino tan solo indicando en una especie de taquigrafía un rasgo que, supone, todos reconocen. Quizá el destierro de nuestra crítica de todos los términos de este tipo sea un ideal imposible, pero cada vez estoy más convencido de sus peligros. Si hemos de utilizarlos, hagámoslo con extrema cautela. Tenemos que dejar claro ante nosotros mismos y ante nuestros lectores que no sabemos y no pretendemos saber de qué forma ha sido escrito un libro. Y, aunque lo supiéramos, no es esto lo relevante. Lo que suena forzado no habría sido mejor si hubiera sido escrito sin ningún esfuerzo, lo que suena inspirado no sería peor si hubiera sido compuesto trabajosamente, *invita Minerva*.

Y ahora me concentro en la interpretación. Por supuesto, en este tema todos los críticos, y nosotros entre ellos, cometemos errores. Estos errores son mucho más veniales que los que ya hemos descrito, y es que no son gratuitos. Los anteriores surgen cuando el crítico escribe ficción en lugar de crítica; estos, en el cumplimiento de sus funciones. Al menos yo entiendo que los críticos deben interpretar, tratar de averiguar el significado o la intención de un libro. Cuando fracasan, el fallo debe achacárseles a ellos o al autor o a ambos.

He dicho «significado» o «intención» muy vagamente. Tendríamos que darles a estos términos un sentido más preciso. Es el autor quien *intenta* y el libro el que *significa*. De la materialización de las intenciones del autor depende, a sus ojos, el éxito del libro. Si todos los lectores o la mayoría, o aquellos que él más desea que lo hagan, se ríen con un pasaje determinado y él queda complacido con esta reacción, entonces es que tenía una intención cómica o intentaba ser cómico. Si esa misma reacción le decepciona y le humilla, es que intentaba ser grave o su intención era seria. «Significado» es un término mucho más difícil, aunque resulta más sencillo cuando se emplea con respecto a una obra alegórica. En el *Romance de la rosa*, cortar la rosa significa gozar de la heroína. También es bastante fácil cuando se utiliza en una obra con un «mensaje» consciente y nítido. *Tiempos difíciles* quiere significar, entre otras cosas, que la educación elemental que ofrece el Estado es absurda; *Macbeth*, que tu pecado te encontrará; *Waverley*, que la soledad y dejarse llevar por la imaginación, cuando se es joven, convierten a un hombre en presa fácil de aquellos que desean explotarle; la *Eneida*, que la *res romana* tiene derecho a exigir el sacrificio de la felicidad individual. Pero estamos ya en aguas profundas, porque, naturalmente, todos estos libros significan mucho más. ¿Y de qué hablamos cuando hablamos, como en efecto hacemos, del «significado» de *Noche de Reyes*, *Cumbres borrascosas* o *Los hermanos Karamazov*? ¿Y especialmente cuando disentimos y discutimos, como en efecto hacemos, sobre su significado verdadero o auténtico? Lo más cerca que yo he estado de una definición es algo como esto: el significado de un libro es la serie o conjunto de emociones, reflexiones y actitudes que suscita su lectura. No obstante, es evidente que esa serie o conjunto es distinta para cada lector. El «significado» idealmente falso o erróneo de un libro sería entonces la serie de emociones, reflexiones y actitudes que suscita en el más estúpido y prejuicioso y menos sensible de los lectores tras una única y desatenta lectura. El «significado» idealmente cierto o acertado sería el que comparte (hasta cierto punto) el mayor número de lectores ideales de varias generaciones, nacionalidades, humores, grados de atención, preocupaciones íntimas, estados de salud, ánimo, etcétera, tras varias y cuidadosas lecturas que llegan a neutralizarse unas a otras cuando (y esta es una reserva importante) no pueden fusionarse para enriquecerse entre sí. (Esto ocurre cuando nuestras lecturas de una obra en épocas muy distintas de nuestra vida, influidas por las lecturas que inciden sobre nosotros indirectamente a través de los comentarios de los críticos, modifican para mejorarla nuestra lectura presente). En cuanto al número de generaciones, debemos ponerle un límite. Sirven para enriquecer la percepción del significado únicamente mientras la tradición cultural no se pierda. Puede producirse una ruptura o un cambio tras los cuales surjan lectores con puntos de vista tan distintos que bien podrían estar interpretando otra obra. Valgan de ejemplo las lecturas medievales de la *Eneida* como alegoría y de Ovidio como moralista, o las lecturas modernas de *El parlamento de las aves*, que convierten al pato y al ganso en sus protagonistas. Al igual que los médicos se esfuerzan por prolongar la vida por mucho que sepan que no pueden lograr la inmortalidad de los hombres, retrasar estas interpretaciones, que no podemos desterrar para siempre, es una de las funciones más importantes de la investigación académica, en esto distinta de la crítica pura.

En este sentido, el autor de una obra no tiene por qué ser necesariamente el mejor juez de su significado: desde luego, nunca es el juez perfecto. Normalmente, una de sus intenciones es que la obra tenga cierto significado, pero no puede estar seguro de que lo tenga. Ni siquiera puede estar seguro de que el significado que pretendía darle sea en todos los sentidos, o siquiera en alguno, mejor que el significado que le dan los lectores. Aquí, por tanto, el crítico tiene gran libertad para disentir del autor, sin miedo a las contradicciones, por mucho que el autor posea mayores conocimientos sobre su obra.

Donde a mi juicio se equivoca más a menudo es en la apresurada asunción de un sentido alegórico; y si los críticos cometen este error al juzgar obras contemporáneas, los estudiosos, al menos en mi opinión, lo cometen al ocuparse de obras antiguas. A ambos les recomendaría los siguientes principios y yo procuraré observarlos en mi propia labor crítica. Primero, que no hay historia elaborada por un hombre con ingenio que otro hombre con ingenio no pueda interpretar desde un punto de vista alegórico. Las interpretaciones estoicas de la mitología primitiva, las interpretaciones cristianas del Antiguo Testamento, las interpretaciones medievales de los clásicos son prueba de ello. Por tanto, y segundo, el mero hecho de que una obra se *pueda* alegorizar no demuestra que sea una alegoría. Por supuesto que se puede alegorizar, cualquier cosa se puede alegorizar. En el arte o en la vida real. Creo que en esto deberíamos seguir el ejemplo de los abogados. Ningún hombre es llevado a juicio hasta que no se ha establecido un caso *prima facie* contra él. No deberíamos proceder a alegorizar ninguna obra hasta que no hayamos expuesto claramente qué razones hay para considerarla una alegoría.

[Según parece, Lewis no finalizó este artículo, porque al pie del manuscrito hay anotadas las siguientes palabras:

«En lo que se refiere a otras atribuciones de intenciones»

«Las propias preocupaciones»

«*Quellenforschung, Achtung* fechas»].

VII

SOBRE LA CIENCIA FICCIÓN

ALGUNAS VECES UN pueblo o una ciudad pequeña que conocemos desde hace tiempo se convierte en escenario de un crimen, una novela o un centenario y entonces, por espacio de unos meses, su nombre resulta familiar a todo el mundo y los visita mucha gente. Algo parecido les ocurre a los recuerdos íntimos. Yo llevaba años paseando y leyendo a Trollope cuando de pronto me vi sorprendido, como si una ola me golpeara en la espalda, por la celebridad de Trollope y una locura pasajera por eso que se llama senderismo. Pues bien, hace poco he vuelto a tener la misma experiencia. He frecuentado todos los géneros de la ficción fantástica desde que aprendí a leer, incluido, por supuesto, ese tan particular que Wells cultivó en *La máquina del tiempo*, *Los primeros hombres en la Luna*, etcétera. De repente, hace unos quince o veinte años, advertí el notable auge de las publicaciones dedicadas a este tipo de literatura. En Estados Unidos surgieron revistas consagradas por entero a esos relatos. Normalmente, la ejecución era detestable, pero algunas veces había ideas dignas de un mejor tratamiento. En torno a esa época, la denominación «ficción científica», que pronto se vería sustituida por la de «ciencia ficción», comenzó a ser conocida por todos. Y entonces, hace unos cinco o seis años, cuando el auge de la ficción científica no solo se prolongaba, sino que acaso iba en aumento, se produjo un avance: no es que las malas historias dejasen de ser mayoría, pero las buenas pasaron a ser mejores y más numerosas. Después, el *género* empezó a concitar la atención (en mi opinión, siempre despectiva) de los semanarios literarios. En realidad, la historia de la ciencia ficción parece ofrecer una doble paradoja: comenzó a ser popular cuando menos popularidad merecía y suscitó el desprecio de los críticos tan pronto como dejó de ser absolutamente despreciable.

En ninguno de los artículos que he leído sobre el tema, y espero haberme perdido unos cuantos, he encontrado nada de provecho. Por un lado, la mayoría de sus autores no están muy bien informados; por otro, muchos aborrecen claramente el género. Es peligroso escribir sobre un género que se desprecia; el desprecio oscurece cualquier matiz. A mí no me gustan las historias de detectives, de modo que casi todas me parecen iguales. Si escribiera sobre ellas, no podría decir más que sandeces. Por supuesto, y a diferencia de la crítica de las obras, la crítica de los géneros no puede soslayarse —yo mismo me siento impelido a criticar algún subgénero de la ciencia ficción—, pero es la más subjetiva y menos fiable de las críticas. Sin embargo, no debería enmascararse bajo el disfraz de una crítica de los títulos. Muchas reseñas son inútiles porque, aunque se proponen condenar una obra, se limitan a revelar el rechazo que siente el crítico por el género al que pertenece. Dejemos que censuren las malas tragedias los que aman la tragedia y las malas novelas de detectives los que adoran el género detectivesco. Solo de ese modo advertiremos sus auténticos fallos. De otra manera, veremos cómo se culpa a muchas epopeyas por no ser novelas, a algunas farsas por no ser alta comedia, a las novelas de James por carecer de la vertiginosa acción de las de Smollett, etcétera. ¿A quién le interesan los insultos de un abstemio contra un buen vino o los de un misógino declarado contra una mujer?

Además, la mayoría de esos artículos se ocupaban sobre todo de explicar el incremento de la producción y el consumo de ciencia ficción desde un punto de vista psicológico y sociológico. Se trata, por supuesto, de una tentativa perfectamente legítima, pero en esto, como en todo, es posible que quienes odian aquello que tratan de explicar no sean los más indicados para comentarlo. Quien nunca ha disfrutado con algo y no sabe lo que se siente al hacerlo tendrá dificultades para saber a qué tipo de personas gusta, con qué ánimo se acercan y buscando qué suerte de gratificación. Y, si no sabe qué tipo de personas son esas, es que está mal pertrechado para averiguar por qué son como son. De esta forma, podría decirse de un género en particular, no solo que «hay que amarlo antes de que nos parezca digno de amor», como dice Wordsworth del poeta, sino también que debe haber sido amado al menos una vez si hemos de advertir a otros de sus defectos. Aunque leer ciencia ficción sea un vicio, los que no pueden comprender la tentación de ese vicio no son los más indicados para decirnos algo de valor sobre él. A mí, por ejemplo, me sucede lo mismo con los naipes: como no me gustan, no podría encontrar nada valioso que decir para advertir a alguien de que no se deje arrastrar por el juego. Ese tipo de críticos son como el frígido que predica la castidad, el mísero que nos previene de la prodigalidad y el cobarde que denuncia la precipitación. Y como, según ya he dicho, el odio asimila los objetos odiados, conseguirán que el lector deduzca que cuanto se agrupa bajo el término «ciencia ficción» es parecido y que la psicología de aquellos a quienes les gusta uno cualquiera de los títulos de este género es la misma. Por todo ello, es muy probable que el problema de explicar el florecimiento de la ciencia ficción parezca más simple de lo que es.

Por mi parte no intentaré explicarlo; tal florecimiento no me interesa. Para mí que una obra en particular forme parte del género o haya sido escrita mucho antes no significa nada. El auge de la ciencia ficción no puede conseguir que el género (o los géneros) sea intrínsicamente mejor o peor; aunque, por supuesto, las obras malas abundarán más.

A continuación, trataré de dividir este género narrativo en sus subgéneros. Comenzaré por un subgénero que considero radicalmente malo a fin de librarnos de él cuanto antes.

En este primer subgénero, el autor salta hacia un imaginario futuro en el que los viajes planetarios, siderales o incluso galácticos se han convertido en algo normal. A continuación, y ante este vasto telón de fondo, procede a desarrollar una historia corriente de amor, espionaje, catástrofes o crímenes. Yo encuentro esto carente de gusto. En una obra de arte, todo aquello que no se utiliza perjudica. Los escenarios y los elementos imaginados, débilmente o, a veces, completamente inimaginables, solo sirven para emborronar el verdadero tema de la obra y distraer el interés que pudiera tener. Presumo que los autores de este tipo de historias son, por así decirlo, «personas desplazadas», es decir, autores comerciales que en realidad no desean escribir ciencia ficción, pero aprovechan su popularidad para dar el barniz del género a su obra habitual. Ahora bien, es preciso establecer distinciones. Un salto al futuro, la rápida asunción de los cambios que, según se finge, han ocurrido en el pasado, es un motor legítimo siempre y cuando dé al autor la posibilidad de desarrollar una historia de verdadero valor que no podría contarse (al menos no con tanta economía de medios) de ninguna otra forma. Este es el tipo de obra que John Collier intenta en *Tom's A-Cold* (1933), una historia de acción heroica que se desarrolla entre personas semibárbaras, pero respaldadas por la tradición superviviente de una cultura ilustrada recientemente derrocada. Collier podría, cómo no, encontrar un contexto histórico adecuado a sus propósitos en alguna cultura de la alta Edad Media, pero esto le obligaría a ofrecer detalles arqueológicos que estropearían su libro, en caso de ser superficiales, y podrían distraer

nuestro interés si fueran demasiado precisos. A mi juicio, por lo tanto, situar la acción del relato después de la
destrucción de nuestra civilización y en Inglaterra está
plenamente justificado. Eso le permite (a él y a nosotros)
dar por sentado un clima, una flora y una fauna muy familiares. No le interesa el proceso que desembocó en el
cambio; cuando se alza el telón, ese proceso ya ha finali-
zado. Pero este presupuesto forma parte de las reglas del
juego y la crítica debe juzgar únicamente la calidad con
que el autor lo lleva a cabo. En nuestra época, el salto
al futuro se utiliza con mucha más frecuencia de modo
satírico o profético: el autor critica algunos aspectos de
nuestra sociedad llevándolos («prolongándolos», como
diría Euclides) hasta su límite lógico. Recordemos *Un
mundo feliz* y *1984*. No veo objeción alguna a un motor
de estas características, ni veo qué interés puede tener
discutir, como hacen algunos, si los libros que se valen
de él tienen derecho a llamarse «novelas» o no. Es una
cuestión meramente terminológica. Se puede definir la
novela de tal modo que incluya o excluya ese tipo de
obras. La mejor definición ha de ser la que se demuestre
más conveniente, y, por supuesto, elaborar una definición con el propósito de excluir *Las olas* por un extremo
o *Un mundo feliz* por otro, y a continuación hacer res-
ponsables a estas obras de su exclusión es tontería.

No condeno, por tanto, todos los libros que imaginan
un futuro muy distinto al presente, sino aquellos que lo
hacen sin motivo, aquellos que dan un salto de mil años

para encontrar tramas y pasiones que podrían haber encontrado sin salir de casa.

Tras condenar el subgénero mencionado, me alegra centrarme en otro que considero legítimo, aunque no sienta por él el más leve aprecio personal. Si la anterior es la ficción de las «personas desplazadas», a esta podríamos llamarla la «ficción de los ingenieros». Está escrita por personas a quienes los viajes espaciales, u otro tipo de técnicas, aún no descubiertos interesan sobre todo en cuanto que posibilidades reales dentro del universo real. Las obras de este tipo nos ofrecen en forma imaginativa sus suposiciones acerca de cómo podrían ser esos viajes o esas técnicas. *Veinte mil leguas de viaje submarino*, de Julio Verne, y el relato «Acorazados terrestres», de H. G. Wells, fueron en su época ejemplos de este tipo de ficciones, pero la invención del submarino y el tanque han modificado el interés que inicialmente tenían. *Preludio al espacio*, de Arthur C. Clarke, es otro ejemplo de este subgénero. Carezco de los conocimientos científicos necesarios para criticar este tipo de relatos desde un punto de vista técnico y estoy tan lejos de sentir simpatía por los proyectos que anticipan que me siento incapaz de criticarlos desde el punto de vista de la fábula. Soy tan ciego a su atractivo como un pacifista a *Maldon* o *Lepanto* o un aristocratófobo (si se me permite acuñar la palabra) a la *Arcadia*. Pero no permita el Cielo que yo tenga en cuenta las limitaciones de mis simpatías cuando, todo menos una luz roja, me advierte de que debo abstenerme de emitir una crítica. Según tengo entendido, este tipo de historias pueden ser realmente buenas en su propio género.

En mi opinión, es útil distinguir las «historias de ingenieros», un tercer subgénero en el que el interés es científico en cierto sentido, pero también especulativo. Cuando, gracias a las ciencias, conocemos la probable naturaleza de lugares y condiciones de vida que ningún ser humano ha experimentado, todas las personas normales tenemos el impulso de imaginar cómo son. ¿Existe hombre lo bastante necio y zoquete para contemplar la Luna por un buen telescopio sin preguntarse qué sentiría si pudiera caminar entre sus montes y bajo su negro y poblado cielo? En cuanto van más allá de las declaraciones puramente matemáticas, a los propios científicos les resulta difícil evitar la descripción de los hechos en términos de su probable efecto sobre los sentidos de un observador humano. Añadamos a esto la experiencia sensible de ese observador, sus posibles emociones y pensamientos, y obtendremos sin más un rudimentario relato de ciencia ficción. Naturalmente, los hombres llevan siglos imaginando. ¿Cómo sería el Hades si pudiéramos descender a él todavía vivos? Homero envía al Hades a Odiseo y nos da su respuesta. O ¿cómo serán los antípodas? (Una pregunta del mismo tipo que la anterior mientras los hombres creyeron que la zona tórrida los hacía irremediablemente inaccesibles a ella). Dante lleva al lector a las antípodas y describe, con el entusiasmo del más moderno autor de ciencia ficción, cuánto le sorprende ver allí el Sol. Mejor aún, ¿qué sentiríamos si pudiéramos llegar al centro de la Tierra? Al final del *Inferno*, Dante nos describe de qué modo, y tras descender desde los hombros de Lucifer a su cintura, Virgilio y él tienen que ascender desde su cintura hasta los pies, y es que, naturalmente, han pasado el centro gravitatorio. Es un efecto de ciencia ficción perfecto. En su *Iter Extaticum Celeste* (1656), Atanasio Kircher lleva al lector a todos los planetas y a la mayoría de las estrellas, y describe con tanta viveza como puede lo que podríamos ver y sentir si tal viaje fuera posible. Kircher, como Dante, se sirve de medios de transporte sobrenaturales. En *Los primeros hombres en la Luna*, Wells recurre a medios que fingen ser naturales. Lo que mantiene esta historia dentro de su propio subgénero y la distingue de aquellas que pertenecen al subgénero de los «ingenieros» es la elección de un compuesto imposible llamado «cavorita». Pero, naturalmente, este imposible es un mérito, no un defecto. Un hombre del ingenio de Wells podría haber pensado en un compuesto más creíble, pero cuanto más creíble, peor. Con ello solo conseguiría aumentar el interés acerca de las posibilidades reales de alcanzar la Luna, un interés ajeno a la historia. Cómo llegaron los personajes al satélite no importa, el lector ya imagina cómo. Importa ver por vez primera el cielo sin ningún velo y sin aire, el paisaje lunar, la levedad de los objetos, la incomparable soledad, luego el terror creciente y, finalmente, la abrumadora proximidad de la noche lunar; por todo ello existe la fábula de Wells (especialmente en su versión original, más corta).

Escapa a mi comprensión que alguien pueda pensar que esta forma de ficción no es legítima o la considere desdeñable. Es posible que convenga no llamar «novelas» a estas composiciones; si usted lo prefiere, llámelas «formas muy especiales de novela». En cualquier caso, la conclusión debe ser prácticamente la misma: hay que examinarlas de acuerdo a sus propias reglas. Es absurdo condenarlas porque con frecuencia no ofrecen un estudio de personajes ni profundo ni sensible. No tienen por qué. Y, si lo hacen, es un error. Cavor y Bedford, de Wells, son personajes demasiado, no demasiado poco, profundos. Todo buen escritor sabe que cuanto más extrañas sean las escenas y acontecimientos de su historia, más ligeros, corrientes y arquetípicos deben ser sus personajes. De ahí que Gulliver sea un hombre normal y corriente, y Alicia una niña como cualquier otra. De ser más notables, estropearían sus libros. También el Viejo Marinero es un hombre corriente. Contar de qué modo lo extraño afecta a las personas extrañas es acumular demasiada extrañeza. El testigo de un fenómeno raro no debe ser un raro, tiene que parecerse lo más posible a un hombre cualquiera o a cualquier hombre. Por supuesto, no se debe confundir una construcción de personajes poco profunda o arquetípica con una construcción imposible o poco convincente. Falsear los personajes siempre estropea una historia. Sin embargo, y al parecer, los personajes pueden reducirse y simplificarse casi en cualquier medida con resultados óptimos. Los mejores romances épicos son un ejemplo.

Por supuesto, es posible que a determinado lector (al menos eso parece de algunos) solo le interese el estudio detallado de personalidades complejas. En ese caso, tiene motivos para no leer esos géneros que ni exigen ni admiten tal estudio. Motivos para condenarlos, sin embargo, no tiene. En realidad, ni siquiera está capacitado para hablar de ellos. No debemos permitir que la novela de costumbres dicte las leyes de la literatura; que se limite a reinar en sus propios dominios. No debemos prestar atención a la máxima de Pope acerca del estudio apropiado de la humanidad. Todo es un estudio apropiado del hombre. El estudio apropiado del hombre como artista es todo aquello que ofrece un punto de apoyo a la imaginación y las pasiones.

Ahora bien, aunque opino que este tipo de ciencia ficción es legítimo y capaz de grandes virtudes, es un género que no permite una producción copiosa. En este sentido, solo la primera visita a la Luna o a Marte es pertinente. Cuando una y otro han sido descubiertos ya en uno o dos relatos (y en ambos son distintos), es difícil que nuestras facultades críticas vuelvan a quedar suspendidas con nuevos relatos. Por buenos que sean, si son demasiado numerosos, acabarán por neutralizarse unos a otros.

A continuación quiero ocuparme de un género que yo llamaría «escatológico». Trata del futuro, pero no como *Un mundo feliz* o *Cuando el durmiente despierta*. Si estas son novelas políticas o sociales, el género al que me refiero ofrece un vehículo imaginativo a todo tipo de especulaciones sobre el destino final de nuestra especie. Ejemplos de este género serían *La máquina del tiempo*, de Wells, *La última y la primera humanidad*, de Olaf Stapledon, o *El fin de la infancia*, de Arthur C. Clarke. Es aquí donde se vuelve imperativo encontrar una definición de la ciencia ficción que la separe por completo de la novela. *Last and First Men* tiene una forma en absoluto novelesca. En realidad, se trata de una forma nueva: la pseudohistoria. El ritmo, el tono, la preocupación por los desarrollos amplios, generales, tienen más que ver con los del historiador que con los del novelista. Además, es la forma adecuada para el tema que trata. Puesto que aquí nos separamos tanto de la novela, me gustaría incluir en este subgénero una obra que ni siquiera es narrativa. Se trata de *The End of the World* (1930), de Geoffrey Dennis. Y, sin duda, también incluiría en el género el brillante aunque a mi juicio depravado «The Last Judgment», incluido en *Possible Worlds* (1927), de B. S. Haldane.

Las obras de este tipo expresan ideas y emociones en las que, en mi opinión, a veces es bueno entretenerse. De vez en cuando resulta aleccionador y catártico recordar nuestra pequeñez colectiva, nuestro aparente aislamiento, la aparente indiferencia de la naturaleza, los lentos procesos biológicos, geológicos y cosmológicos que, a largo plazo, pueden convertir en ridículas muchas de nuestras esperanzas (y posiblemente algunos de nuestros miedos). Si el *memento mori* es la salsa del individuo, no sé por qué ha de ahorrársele su sabor a la especie. Las historias de este tipo podrían explicar el rencor político que, apenas disimulado, detecté en cierto artículo dedicado a la ciencia ficción. El artículo insinuaba que quienes escriben o leen ciencia ficción probablemente sean fascistas. Tras una declaración como esa supongo que se oculta algo que quizá pueda explicarse con la analogía que voy a exponer a continuación. Supongamos que todos nos hallásemos en un barco y surgiera un conflicto entre los camareros; en esa situación, el portavoz de los camareros vería con malos ojos a cualquiera que se ausentase de los feroces debates del salón o de la despensa para tomar el aire en cubierta. Porque allí esa persona sentiría el sabor de la sal, contemplaría la vastedad del mar, recordaría que el barco tiene una procedencia y un destino. Se acordaría de cosas como la niebla, las tormentas y los hielos. Los salones iluminados, que en el fragor de la lucha no parecerían otra cosa que la escena de una crisis política, semejarían una frágil cáscara de huevo que avanza a través de la inmensa oscuridad sobre un elemento en que el hombre no puede vivir. La situación no cambiaría necesariamente las convicciones de esa persona sobre los derechos en disputa y los errores cometidos, pero probablemente le haría verlos bajo un nuevo prisma. No podría dejar de recordar que los camareros dan por hechas esperanzas más trascendentales que una subida de salario y que los pasajeros olvidan peligros más graves que tener que hacer y servirse las comidas. Los relatos de los que hablo son como esa visita a cubierta. Nos enfrían. Son tan refrescantes como ese pasaje de E. M. Forster en que, mientras observa unos monos, un hombre se da cuenta de que a la mayoría de los habitantes de India les importa muy poco el Gobierno de su país. De ahí la incomodidad que estos relatos causan en quienes, por el motivo que sea, desean tenernos a todos presos del conflicto inmediato. Esa es quizá la razón de que muchos lancen con tanta presteza la acusación de «escapismo». Yo nunca la comprendí hasta que mi amigo Tolkien me hizo la siguiente y sencilla pregunta: «En tu opinión, ¿a qué clase de hombres preocupa más la idea de escapar y quiénes son más hostiles a ella?». El mismo profesor Tolkien me dio la respuesta obvia: los carceleros. La acusación de fascismo es, a buen seguro, un mero enfangar las cosas. Los fascistas son, como los comunistas, carceleros; ambos nos asegurarían que el mejor lugar para estudiar a los prisioneros es la prisión. Pero, sin duda, esa acusación oculta la siguiente verdad: quienes reflexionan demasiado sobre el pasado o el futuro remotos o miran mucho tiempo al cielo nocturno tienen menos probabilidades que los demás de ser partidarios ardientes u ortodoxos de uno u otro credo.

Por último, me referiré al subgénero que a mí más me interesa. La mejor manera de abordarlo es recordando un hecho que los autores que se ocupan de este tema ignoran por completo. La, con mucho, mejor revista norteamericana sobre el género tiene el significativo nombre de *Fantasy and Science Fiction*. En ella, como en otras muchas publicaciones del mismo género, no solo encontramos relatos de viajes espaciales, sino también relatos sobre dioses, fantasmas, espíritus, demonios, hadas, monstruos, etcétera. Esto nos da la pista que buscamos. Este último subgénero de la ciencia ficción representa, sencillamente, un impulso imaginativo tan antiguo como la especie humana, solo que maleado de acuerdo a las circunstancias de nuestro tiempo. No es difícil darse cuenta de por qué quienes desean visitar regiones desconocidas en busca de una belleza, asombro o terror que el mundo real no ofrece se han visto cada vez más arrastrados hacia otros planetas y estrellas. Es el resultado de unos conocimientos geográficos cada vez más amplios. Cuanto menos conocemos del mundo real, con mayor verosimilitud podemos situar maravillas en sus proximidades. Al igual que un hombre desplaza su casa en el campo a medida que los límites de la ciudad le alcanzan, cuando el área de nuestros conocimientos se amplía, tenemos que alejarnos un poco más. En los *Märchen* de los hermanos Grimm, relatos orales de los campesinos de las regiones boscosas, basta una hora de marcha hasta el siguiente bosque para encontrar una casa para tu bruja o tu ogro. El autor de *Beowulf* puede situar la guarida de Grendel en un lugar del que, según él mismo dice, está *Nis paet feor heonon Mil-gemeares*, es decir, a muy pocas millas. Homero, que escribía para un pueblo marítimo, tiene que prolongar el viaje de Odiseo varios días para que pueda encontrar a Circe, Calipso, el cíclope o las sirenas. En la antigua Irlanda se hablaba del *immram*, un viaje entre islas. La epopeya artúrica, por extraño que parezca a primera vista, se contenta con el viejo mecanismo de los *Märchen* y recurre a los bosques cercanos. Chrétien y sus sucesores eran buenos conocedores de la geografía real. Quizá la explicación esté en que se trata, sobre todo, de franceses que escriben sobre las islas británicas y la Gran Bretaña del pasado. *Huon de Burdeos* sitúa a Oberón en el este. Spenser inventa un país que no está en nuestro universo, Sydney se desplaza hasta una antigua Grecia imaginaria. Hacia el siglo XVIII fue preciso desplazarse a parajes muy lejanos. Paltock y Swift nos llevan a mares remotos, Voltaire hasta América. Rider Haggard tuvo que ir hasta la África inexplorada y el Tíbet. Bulwer-Lytton, a las profundidades de la Tierra. Alguien podría haber predicho que tarde o temprano los relatos de este tipo acabarían por alejarnos de Tellus. Ahora sabemos que allí donde Haggard situó a *Ella* y el reino de Kôr podríamos en realidad encontrar cacahuetes o Mau Mau.

Dentro de este género narrativo hay que entender el aparato pseudocientífico como una máquina, entendiendo el término en el sentido que le daban los críticos neoclásicos. Basta con una apariencia superficial de credibilidad, con una mínima concesión a nuestras facultades críticas. Tiendo a pensar que los métodos abiertamente sobrenaturales son los mejores. En cierta ocasión conduje a mi protagonista hasta Marte en una nave espacial; luego lo pensé mejor e hice que unos ángeles lo trasladaran hasta Venus. Además, cuando los alcanzamos, los otros mundos tampoco tienen por qué adscribirse rígidamente a las probabilidades científicas.

Es su belleza, maravilla o capacidad de sugestión lo que importa. Creo que cuando puse canales en Marte, ya sabía que los mejores telescopios habían disipado esa vieja ilusión óptica. Lo relevante, sin embargo, es que formaban parte del mito marciano tal como estaba inscrito en la mentalidad común.

En consecuencia, la defensa y análisis de este género no difieren gran cosa de los de la literatura fantástica o mitopoética en general, aunque en la ciencia ficción los subgéneros y los sub-subgéneros van fraccionándose con una profusión desconcertante. En literatura, lo imposible —o esos elementos tan inmensamente improbables que equivalen a lo imposible— se puede utilizar con propósitos muy distintos. Tengo que limitarme a sugerir algunos de los tipos principales, porque el tema continúa esperando a su Aristóteles.

Lo imposible puede, de una forma casi carente de emoción, representar el juego del intelecto. El ejemplo más puro podría ser *Planilandia*, de Edwin A. Abbott, aunque incluso en este caso surge alguna emoción desde la sensación (que el libro inculca) de nuestras propias limitaciones: la conciencia de que nuestro conocimiento del mundo es arbitrario y contingente. Algunas veces, el juego produce un placer análogo al del engaño. Por desgracia, he olvidado el título y el autor de mi mejor ejemplo: la historia de un hombre que viaja al futuro porque él mismo, en ese futuro en que descubre una manera para viajar en el tiempo, regresa junto a sí mismo en el presente (es decir, al pasado de ese futuro) y se lleva a sí mismo.[1] Un juego menos cómico, y más agotador, es el de la magnífica reflexión sobre las consecuencias lógicas de viajar en el tiempo que hace Charles Williams en *Many Dimensions*, donde, pese a todo, el viaje en el tiempo se combina con otros muchos elementos.

En segundo lugar, lo imposible puede ser un simple postulado con la intención de dar pie a consecuencias farsescas, como sucede en *Brass Bottle*, de F. Anstey. La piedra Garuda de su novela *Vice Versa* no es un ejemplo tan puro; de esta obra emergen una moraleja seria y algo no muy distinto al *pathos*, tal vez en contra de los deseos del autor.

A veces, lo imposible constituye un postulado de consecuencias muy poco cómicas y, cuando esto sucede, y si es buena, la historia apuntará cierto mensaje moral por sí misma, sin que el autor intervenga a un nivel consciente con algún tipo de manipulación didáctica. *El extraño caso del Dr. Jekyll y Mr. Hyde*, de Stevenson, es un ejemplo: otro es *Cast the First Shadow*, de Marc Brandel, donde un hombre solitario, despreciado y oprimido desde hace mucho tiempo porque no tiene sombra, conoce por fin a una mujer que comparte su inocente defecto, para volverse contra ella con asco e indignación al saber que, además, padece la aborrecible y antinatural característica de no tener reflejo. Los lectores que no

---

1. Lewis está pensando, creo, en «By His Bootstraps», un relato de Robert A. Heinlein publicado en *Spectrum: A Science Fiction Antology* (1961).

escriben suelen calificar estas historias de alegorías, pero yo dudo de que en la mente del autor surjan como tales.

En este tipo de narraciones lo imposible es, como he dicho, un postulado, algo que se da por sentado antes de que la historia se ponga en marcha. Dentro de ese marco, el relato se desarrolla en el mundo conocido y es tan realista como el que más. Pero hay todavía otro subgénero (el último del que voy a ocuparme) en el que lo maravilloso impregna toda la narración. El relato nos sitúa en otro mundo y lo que da valor a ese mundo no es, naturalmente, la mera multiplicación de lo maravilloso con intención de conseguir un efecto cómico (como en *El barón de Munchausen* y en algunos pasajes de Ariosto y Boyardo) ni el asombro (como sucede, en mi opinión, en *Las mil y una noches* o en algunos cuentos para niños), sino sus características peculiares, su sabor. Si las buenas novelas son comentarios de la vida, las buenas historias de este tipo (mucho más infrecuentes) son adiciones a la vida. Este tipo de narraciones deparan, como ciertos sueños extraños, sensaciones que nunca hemos experimentado y amplían nuestra concepción de lo posible. De ahí la dificultad de discutir sobre ellas con quienes se niegan a que les saquen de eso que llaman «la vida real» —expresión con la que se refieren, tal vez, al surco que atraviesa un área de experiencia mucho más amplia y al cual nuestros sentidos y nuestros intereses biológicos, sociales y económicos normalmente nos confinan— o, si alguien consigue sacarlos, no pueden ver fuera de esa «vida real» nada aparte de aburrimiento mortal o una monstruosidad enfermiza. Lo normal es que se estremezcan y pidan que los lleven de nuevo a casa. Los mejores ejemplos de este género narrativo nunca abundarán. Yo incluiría entre ellos algunas partes de la *Odisea*, el *Himno a Afrodita*, gran parte del *Kalevala* y *The Faerie Queene*, algunos pasajes de *Malory* (aunque no los mejores) y muchos más de *Huon de Burdeos*; ciertas partes de *Enrique de Ofterdingen* de Novalis, *La balada del viejo marinero* y *Christabel*, el *Vathek* de Beckford, *Jason* y el Prólogo (y poco más) de *Earthly Paradise* de William Morris; *Phantastes*, *Lilith* y *La llave de oro* de George MacDonald; *La serpiente Uróboros* de E. R. Eddison, *El señor de los anillos* de Tolkien y esa tremenda, intolerable e irresistible obra de David Lindsay que es *Viaje a Arcturus*. También *Titus Groan* de Mervyn Peake y quizás algunas obras de Ray Bradbury. *El reino de la noche*, de W. H. Hodgson, también podría estar entre las elegidas debido al esplendor sombrío e inolvidable de sus imágenes, si no se viera desfigurada por un interés erótico sentimental e irrelevante y por el tonto y ramplón arcaísmo de su estilo. (Con esto no quiero decir que todos los arcaísmos sean estúpidos y no conozco una defensa convincente del odio de que en la actualidad son objeto. Si gracias a él tenemos la impresión de haber entrado en un mundo remoto, el arcaísmo está justificado. Y si esto ocurre, importa un rábano que sea correcto o no según los principios filológicos).

No creo que nadie haya explicado de forma satisfactoria el profundo, duradero y solemne placer que proporcionan estas historias. En mi opinión, Jung, que fue mucho más allá, da lugar con su explicación a un nuevo mito que nos afecta igual que el resto. ¿O acaso el análisis del agua tiene que ser un análisis húmedo? No intentaré hacer lo que Jung no hizo, pero me gustaría llamar la atención sobre un hecho que se ha pasado por alto: la asombrosa intensidad del rechazo que algunos lectores sienten de lo mitopoético. Me percaté por casualidad. Una dama (y lo que da más sabor a esta historia es que se trataba de una psicóloga jungiana de profesión) llevaba un tiempo hablándome de cierta sensación deprimente que al parecer iba apoderándose de su vida, del agostamiento de su capacidad para sentir placer, de la aridez de su paisaje mental. Por tantearla, le pregunté: «¿Le gustan los cuentos de hadas y la ficción fantástica?». Nunca olvidaré cómo se le tensaron los músculos, cómo cerró los puños, la expresión de horror que se fijó en su mirada. Luego, y cuando lo dijo le cambió la voz, afirmó: «Los aborrezco». Es evidente que la de aquella dama no era una opinión crítica, sino algo semejante a una fobia. He visto trazas de esa misma fobia en otros momentos, pero ninguna con tanta violencia. Por otra parte, por propia experiencia sé que, a aquellos a quienes nos gusta lo mitopoético nos gusta casi con la misma intensidad. Considerados en conjunto, ambos fenómenos deberían bastar para echar por tierra la teoría de que lo mitopoético es algo trivial. Por las reacciones que suscita se diría que, para bien o para mal, es una modalidad de la imaginación que actúa sobre nosotros a un nivel profundo. Si algunos parecen interesarse por ello de forma casi compulsiva, otros parecen aterrorizados ante lo que podrían encontrar. Pero eso, por supuesto, es solo una sospecha. De lo que estoy más seguro es de un *caveat* crítico que postulé hace un tiempo: no critiques sin grandes cautelas aquello para lo que no tienes gusto y, sobre todo, nunca critiques lo que no puedes soportar. Y ahora voy a poner todas mis cartas sobre la mesa. Desde entonces, he descubierto mi propia *fobia* particular, eso que no puedo soportar en literatura, eso que me hace sentirme profundamente incómodo: la representación de toda relación entre dos niños que semeje una historia de amor. Me molesta y me enferma, pero, por supuesto, no hago de esa sensación un decreto que me obligue a escribir reseñas injuriosas de los libros en los que el tema odiado aparece, sino una advertencia para no juzgarlos. Porque mi reacción no es razonable. Esos amores infantiles ocurren sin duda en la vida real y no puedo encontrar ningún motivo para que no aparezcan representados en el arte. Que en mí toquen la cicatriz de algún antiguo *trauma* es asunto mío. Me atrevería a aconsejar a los que intentan convertirse en críticos que adopten el mismo principio. Una violenta, y en realidad resentida, reacción contra todos los libros de determinado género o contra situaciones de un mismo tipo es una señal de advertencia. Porque estoy convencido de que la crítica adversa buena es lo más difícil. Aconsejaría a todos que comenzasen a ejercitarla en las condiciones más favorables, esto es, en aquellas circunstancias en que sepan lo que el autor pretende y les guste de corazón y hayan disfrutado de muchos libros en que se haya conseguido lo que se busca. En ese caso, el crítico tendrá alguna posibilidad de mostrar que el autor ha fallado y, quizá, de demostrar por qué. Pero si nuestra verdadera reacción ante un libro es «¡Puaj! No puedo soportar estas cosas», entonces me parece imposible poder diagnosticar sus verdaderos defectos. Podemos esforzarnos por ocultar nuestra reacción emotiva, pero acabaremos por sumergirnos en un galimatías dominado por palabras dictadas por las sensaciones, la falta de análisis y la moda: «falaz», «frívolo», «artificioso», «adolescente», «inmaduro», etcétera. Cuando de verdad sabemos lo que está mal, no nos hacen falta palabras como esas.

VIII

RÉPLICA AL PROFESOR HALDANE

ANTES DE PROCEDER con mi réplica al artículo «Auld Hornie, F. R. S.», que el profesor Haldane publicó en *The Modern Quarterly*, haré mejor en señalar el único punto de acuerdo entre nosotros. Creo, a raíz de cómo lamenta que mis personajes sean «como babosas que, metidas en una jaula de laboratorio, reciben un trozo de lechuga si giran a la derecha y una descarga eléctrica si se vuelven a la izquierda», que el profesor Haldane sospecha que, en mi opinión, la conducta ha de sancionarse con un sistema de premios y castigos. Pero se equivoca. Yo comparto su aversión a esa idea y su preferencia por la ética estoica o confuciana. Aunque creo en un Dios omnipotente, no considero que su omnipotencia suponga por sí misma la menor obligación de obedecerle. En mis relatos y novelas, los personajes «buenos» reciben su recompensa, pero porque creo que un final feliz es lo más apropiado para el tipo de obras festivas y ligeras que están en mi intención. El profesor ha confundido la «justicia poética» de la ficción con un teorema ético. Aunque yo iría más lejos. La aversión a cualquier ética que venere el éxito es uno de los principales motivos por los que yo estoy en desacuerdo con la mayoría de los comunistas. Según mi experiencia, los comunistas suelen decirme, cuando todo lo demás falla, que debería promover la revolución porque esta «acabará por llegar». Uno de ellos quiso disuadirme de mis posturas con el asombroso e irrelevante razonamiento de que si continúo sosteniéndolas acabaría, a su debido tiempo, por «ser segado» y argumentó, como un cáncer podría hacer si pudiera hablar, que, puesto que podía matarme, él debía de tener razón. Admito con satisfacción que hay gran diferencia entre el profesor Haldane y comunistas como ese, pero en compensación le pido a él que admita que mi ética cristiana y, por ejemplo, la de Paley son muy distintas. En su bando como en el mío hay indeseables para quienes, como para los de la Francia de Vichy, el mejor bando es el que vence. Desalojémoslos de la sala antes de empezar a hablar.

Mi mayor crítica al artículo del profesor Haldane es que, deseando criticar mi filosofía (si se me permite darle un nombre tan ampuloso), casi pasa por alto los libros en que he intentado establecerla y se concentra en mis obras de ficción. En el prefacio de *Esa horrible fortaleza* se le dice que puede encontrar la doctrina en que se basa la novela, desprovista de los ropajes de la ficción, en *La abolición del hombre*. ¿Por qué no consulta esta obra? El resultado de su método es muy desafortunado. El profesor habría sido un formidable crítico filosófico, y como tal, muy útil. Como crítico literario, aunque diste de ser aburrido, sigue errando el blanco. Buena parte de esta réplica debe concentrarse, por tanto, en aclarar algunos malentendidos.

Su ataque se concreta en tres acusaciones principales: 1) que mi ciencia está normalmente equivocada; 2) que calumnio a los científicos; 3) que desde mi punto de vista la planificación científica «solo puede conducir al infierno» (y que, por tanto, soy «un vehículo útil del orden social existente», valorado por aquellos que «pueden llegar a perder mucho con los cambios sociales», y reacio, por motivos erróneos, a hablar de la usura).

1) Mi ciencia está normalmente equivocada. En efecto, lo está, y la historia del profesor también. En *Possible Worlds* (1927) nos dice que «hace quinientos años [...] no estaba claro que las distancias celestiales fueran mucho más grandes que las terrestres», cuando lo cierto es que el manual de astronomía más utilizado en la Edad Media, el *Almagesto* de Ptolomeo, afirma con toda claridad (I. v.) que en relación a su distancia a las estrellas fijas hay que tratar toda la Tierra como un punto, y explica en qué observaciones basa esta conclusión. El rey Alfredo conocía bien esta doctrina, y también el autor de un libro tan «popular» como *South English Legendary*. Asimismo, y de nuevo me refiero a «Auld Hornie», me da la impresión de que el profesor piensa que las opiniones de Dante sobre la gravitación y la redondez de la Tierra eran excepcionales. Sin embargo, Dante pudo consultar la obra de Vicente de Beauvais, el astrónomo más popular y ortodoxo de la época (falleció alrededor de un año antes de que él naciera). En su *Speculum*

Naturale (VII. vii.) este autor afirma que, si un agujero
atravesara el globo terráqueo (*terre globus*) y por él arro-
jásemos una piedra, esta se quedaría quieta en el centro
del planeta. En otras palabras, el profesor es más o menos tan buen historiador como yo buen científico. La
diferencia estriba en que él introduce su historia falsa
en libros que pretenden decir la verdad, mientras que
mi falsa ciencia forma parte de unas novelas. Yo quería
escribir sobre mundos imaginarios y, ahora que nuestro
planeta ha sido explorado por completo, esos mundos
solo se pueden ubicar en otros planetas. En función de
lo que me proponía, necesitaba suficientes referencias
a la astronomía popular para conseguir, en el «lector
común», una «suspensión voluntaria de sus facultades
críticas». Con tales fantasías nadie espera complacer a
los científicos, de igual modo que no hay autor de novela histórica que pretenda dejar satisfecho a ningún ar-
queólogo (y cuando se hace un esfuerzo serio por conseguirlo, como en *Romola*, el libro suele estropearse).
Hay, por tanto, buen número de falsedades científicas
en mis obras, algo que incluso yo mismo sé cuando las
escribo. He puesto canales en Marte no porque yo crea
que los tenga, sino porque forman parte de una creencia
generalizada a nivel popular, y los planetas tienen un carácter astrológico por esa misma razón. El poeta, afirma
Sydney, es el único escritor que nunca miente porque
es el único que no pide que sus afirmaciones se tomen
por verdaderas. Y si el término «poeta» es demasiado
elevado para emplearlo en este contexto, podemos decir

lo mismo de otra manera: el profesor me ha sorprendido tallando un elefante de juguete y me critica como si yo pretendiera enseñar zoología. Pero yo no buscaba al elefante que conocen los científicos, sino a nuestro viejo amigo Jumbo.

2) En mi opinión, el mismo profesor Haldane consideraba la crítica de mis afirmaciones científicas una mera escaramuza; su segunda acusación (la de que calumnio a los científicos) es un ataque mucho más serio. Y aquí, desgraciadamente, se equivoca de libro —*Esa horrible fortaleza*—, prescindiendo del que más podría ayudarle en su argumentación. Si puede acusarse a alguna de mis novelas de ser calumniosa con los científicos, esa novela es *Más allá del planeta silencioso*. Se trata, sin duda, de un ataque, si no a los científicos, a algo que podemos llamar «cientifismo», esto es, cierta perspectiva del mundo que, casualmente, guarda relación con la popularización de las ciencias, aunque sin duda está mucho menos extendida entre los científicos que entre los lectores. En pocas palabras, el cientifismo consiste en la creencia de que el supremo fin de la moral es la perpetuación de la especie, fin que hay que perseguir incluso cuando, en mitad del proceso de equiparse para la supervivencia, esa especie, la nuestra, se desprenda de todos los elementos que le confieren valor: la piedad, la felicidad y la libertad. No estoy seguro de poder encontrar ningún escritor que afirme formalmente esta creencia —y es que esos valores son una premisa asumida pero no declarada— y, sin embargo, algunos sí me la transmiten; por ejemplo, Shaw

en *Back to Methuselah*, Stapledon y el profesor Haldane
en «Last Judgment» (publicado en *Possible Worlds*). Por
supuesto, me he dado cuenta de que el profesor disocia
su propio ideal del de sus veneritas. El profesor afirma
que su idea «se sitúa en algún lugar entre» ellos y una
raza «absorta en la persecución de la felicidad individual». Supongo que por «persecución de la felicidad
individual» el profesor quiere decir «la persecución por
parte de cada individuo de su propia felicidad a costa de
la felicidad del vecino», pero también podría entenderse
que apoya la idea (para mí carente de significado) de que
existe otro tipo de felicidad, que hay otro ente aparte
del individuo capaz de felicidad o infortunio. Asimismo,
sospecho (¿me equivoco?) que cuando dice «en algún
lugar entre», el profesor quiere acercarse bastante al extremo venerita de la escala. Fue contra esta perspectiva
de la vida, contra esta ética si se quiere, contra la que yo
escribí mi fantasía satírica, proyectando en mi Weston la
imagen de bufón-villano de la herejía «metabiológica». Si
alguien afirmase que hacer de él un científico fue injusto
porque la idea que ataco no es la más difundida entre los
científicos, podría estar de acuerdo (aunque podría calificar una crítica de ese tipo de hipersensible). Lo extraño
es que el profesor Haldane cree que Weston es «reco-
nocible como científico». Me quita un peso de encima,
porque yo tenía mis dudas. Si alguien me pidiera que
atacase mis propias obras, habría señalado que, aunque
por necesidades de argumento Weston debía ser físico,
sus intereses parecen, exclusivamente, los de un biólogo.

También habría preguntado si resulta creíble que un fanfarrón como él invente, no ya una nave espacial, sino una trampa para ratones. Pero es que, tanto como un relato fantástico, yo quise escribir una farsa.

Perelandra, en tanto en cuanto no se limita a ser una mera continuación de su predecesora, está escrita para mis correligionarios. Creo que su verdadero tema no puede interesar al profesor Haldane desde ningún punto de vista. Solo señalaré que, si el profesor hubiera advertido el muy elaborado ritual en el que los ángeles dejan el gobierno de ese planeta en manos de los humanos, se habría dado cuenta de que la «angelocracia» de Marte es, para mí, cosa del pasado. La Encarnación marca la diferencia. No quiero decir que haya que esperar que le interese mi idea como tal, pero, al menos, podría habernos ahorrado una pista falsa política.

De *Esa horrible fortaleza*, el profesor Haldane no ha entendido casi nada. Introduzco el personaje del «buen» científico precisamente para demostrar que los científicos no son mi objetivo. Para dejar muy claro lo que quiero decir, abandona el N. I. C. E. porque se da cuenta de que se había equivocado al creer que «tenía algo que ver con la ciencia» (p. 80).[2] Pero para que quede

---

2. Los números de página mencionados corresponden a la edición de 2022 por Grupo Nelson. Los tres títulos de la trilogía han sido publicados en 2022 por Grupo Nelson, tanto por separado como en un solo volumen titulado *La trilogía cósmica* (*N. del E.*).

más claro todavía, mi protagonista, el hombre que siente una atracción casi irresistible por el N. I. C. E., es descrito (p. 205) como alguien cuya «educación no había sido ni científica ni clásica, sino meramente *moderna*. Tanto los rigores de la abstracción como los de la alta tradición humanística [...]. Era [...] un aprendiz voluble en temas que no exigieran conocimientos exactos». Para que el progreso hacia el libertinaje de la mente de Wither quede doble o triplemente claro, lo represento no como un progreso científico, sino manifiestamente filosófico. Y, por si esto no fuera suficiente, hago que el protagonista (que, a propósito, es hasta cierto punto un retrato exagerado de un hombre que conozco, no de mí) diga que las ciencias son «buenas e inocentes en sí mismas» (p. 225), aunque un pernicioso «cientifismo» comienza a impregnarlas. Y por último, aquello de lo cual la novela está decididamente en contra, no es de los científicos, sino de los *funcionarios*. Si hay alguien que deba sentirse calumniado por el libro no es el científico, sino el funcionario, y, a continuación, ciertos filósofos. En boca de Frost pongo las teorías éticas del profesor Waddington, aunque, por supuesto, al hacerlo no pretendo decir que el profesor Waddington de la vida real sea un hombre como Frost.

Entonces, ¿qué pretendía atacar en *Esa horrible fortaleza*? En primer lugar, cierta perspectiva sobre los valores. Es el mismo ataque, por otra parte, de *La abolición del hombre*, donde lo llevo a cabo sin ningún disfraz. En segundo lugar, afirmaba, al igual que el apóstol Santiago y el profesor Haldane, que ser amigo «del mundo» es ser enemigo de Dios. La diferencia entre nosotros es que el profesor ve el «mundo» puramente en términos de las amenazas y los alicientes que dependen del dinero y yo, no. La comunidad más «mundana» en que he vivido es la de la población académica, mundana sobre todo en la crueldad y arrogancia de los fuertes, en la adulación y mutuas traiciones de los débiles y en el enorme esnobismo de ambos grupos. No había nada suficientemente bajo que, por ganar el favor de la aristocracia del *college*, los miembros del proletariado académico no pudieran hacer o padecer, ni había injusticia demasiado grande que la aristocracia no pudiese practicar. Pero aquel sistema tan clasista no dependía del dinero. A quién le preocupa el dinero cuando puede conseguir gran parte de lo que quiere mediante un servilismo rastrero y el resto por la fuerza. Es una lección que no he olvidado y una de las razones de que no pueda compartir la exaltación del profesor Haldane por el destierro de Mammón de «una sexta parte de la superficie de nuestro planeta». Yo he vivido ya en un mundo del que Mammón estaba desterrado y era el más malvado y miserable que he conocido. Si Mammón fuera el único demonio, la cuestión sería diferente, pero ¿y si allí donde Mammón deja su trono vacante, Moloc se alza con el poder? Como dijo Aristóteles, «los hombres no se hacen tiranos para vivir calientes». Todos los hombres, no hay duda, desean placer y seguridad, pero los hombres también desean el poder y la mera sensación de «estar en el ajo», de formar

parte de la elite, de no ser marginados; una pasión insu-
ficientemente estudiada y tema principal de mi fábula.
Cuando la sociedad alcanza un estado tal que el dinero
es el pasaporte a todos esos premios, el dinero, por supuesto, es la primera de las tentaciones, pero, aunque el
pasaporte cambie, los deseos permanecen. Además, hay
otros muchos pasaportes posibles, como, por ejemplo,
un puesto en la jerarquía oficial. Un hombre ambicioso
y mundano no elegiría, ni siquiera en la actualidad, el
puesto de salario más alto. El placer de estar «muy arriba
y muy adentro» bien puede valer el sacrificio de algún
ingreso.

3) En tercer lugar, ¿de verdad ataco yo la planificación científica? Según el profesor Haldane, «la idea del
señor Lewis queda suficientemente clara. La aplicación
de la ciencia a los asuntos humanos solo puede conducir al infierno». Ese «solo puede» no tiene, desde luego,
ninguna justificación, pero el profesor tiene razón al su-
poner que, si yo no considerase que existe un peligro
grave y muy extendido, no habría concedido un lugar
central a la planificación científica ni siquiera en lo que
yo llamo un «cuento de hadas» y un «cuento chino».
Si se pudiera reducir la novela a una proposición, esta
casi sería la contraria a la que el profesor supone: no que
«la planificación científica nos conducirá sin vacilación
al infierno», sino que «en el mundo actual, cualquier in-
vitación efectiva al infierno se nos presentará, sin duda,
con el disfraz de la planificación científica», algo que ya
hizo el régimen de Hitler. Todo tirano debe comenzar

por declarar que posee lo que sus víctimas respetan y darles lo que quieren. En los países modernos, la mayor parte de la población respeta la ciencia y desea que planifiquen su vida. Por tanto, y casi por definición, si un hombre o un grupo desean esclavizarnos se definirán a sí mismos como «democracia de planificación científica». Tal vez sea cierto que cualquier salvación real deba igualmente definirse a sí misma, en teoría de un modo sincero, como «democracia de planificación científica»; razón de más para examinar con precaución todo cuanto lleve esta etiqueta.

Mis temores de una tiranía así le parecerán al profesor insinceros o pusilánimes. Para él, todo el peligro procede de la dirección contraria, del caótico egoísmo del individualismo. Debo explicar por qué temo más la disciplinada crueldad de alguna oligarquía ideológica. El profesor tiene su propia explicación para esto. Cree que, de una manera subconsciente, me motiva el hecho de que puedo «llegar a perder mucho con el cambio social». Tiene razón, me resultaría muy difícil dar la bienvenida a un cambio que podría enviarme a un campo de concentración. Podría añadir que al profesor le sería muy fácil recibir de buen grado un cambio que le situaría a él en lo más alto de una oligarquía omnicompetente. Por eso el juego de los motivos resulta tan poco interesante. Cada bando puede seguir jugando *ad nauseam*, pero, después de despejar el terreno, habrá que seguir considerando las ideas de todos según sus méritos. Así, pues, me niego a entrar en el juego de los motivos y reanudo la discusión.

No espero conseguir que el profesor Haldane me dé la razón, pero me gustaría que, cuando menos, comprendiera por qué pienso que el culto al diablo es una posibilidad real.

Soy un demócrata. El profesor Haldane cree que no lo soy y basa su opinión en un pasaje de *Más allá del planeta silencioso* en el que discuto, no las relaciones en el seno de una especie (la política), sino las relaciones de una especie con otra. Según las conclusiones lógicas de su interpretación, habría que atribuírseme el axioma de que los caballos valen para una monarquía equina, pero no para una democracia equina. Lo que aquí sucede es que el profesor, como le ocurre tantas veces, no comprende lo que yo en realidad afirmo en *Más allá del planeta silencioso*, aunque, en caso de haberlo comprendido, le habría resultado poco interesante.

Soy un demócrata porque creo que no hay hombre ni grupo de hombres lo bastante bueno para que se le pueda confiar un poder incontrolado sobre los demás. En mi opinión, cuanto más altas sean las aspiraciones de ese poder, más peligroso será tanto para los gobernantes como para sus súbditos. De ahí que la teocracia sea la peor de todas las formas de gobierno. Si hemos de tener un tirano, es preferible que sea un ladrón que un inquisidor. La crueldad del ladrón puede a veces adormecerse, su codicia llegar a saciarse, y puesto que en el fondo de su ser sabe que hace mal, quizá algún día se arrepienta. En cambio, el inquisidor que confunde su propia crueldad, temor y ansia de poder con la voz del Cielo nos atormentará indefinidamente, porque lo hará con el beneplácito de su conciencia y sus mejores impulsos le parecerán tentaciones. Y puesto que la teocracia es lo peor, cuanto más se acerque un gobierno a la teocracia, peor será. Una metafísica que los gobernantes sostienen con la fuerza de una religión es una mala señal. Les prohíbe, como el inquisidor, admitir en sus adversarios algún grano de verdad o bondad, se abroga las leyes corrientes de la moralidad y sanciona de un modo altivo y suprapersonal pasiones humanas corrientes que son las que, al igual que a los demás, suelen guiar a los gobernantes. En una palabra, la teocracia prohíbe la duda saludable. En realidad, un programa político nunca podrá ser bueno más que de un modo probable. Es imposible conocer todos los datos del presente, y sobre el futuro solo podemos conjeturar. Otorgar al programa de un partido —al que lo más que podemos pedir es que sea prudente y razonable— las certezas que deberíamos reservar únicamente a los teoremas demostrables es una suerte de intoxicación.

Esta falsa certeza sale a relucir en el artículo del profesor Haldane. El profesor, sencillamente, no puede creer que haya hombres que pongan en duda la usura. No alzo ninguna objeción a que crea que me equivoco: lo que me sorprende es su instantánea asunción de que la cuestión es tan simple que no puede dar lugar a ninguna duda. Pero esto es romper el canon de Aristóteles: exigir a cada pregunta el grado de certeza que el tema permita. Y *ni muerto* fingir que se comprende más de lo que se comprende.

Como soy un demócrata, me opongo a todo cambio social drástico y repentino (sea en la dirección que sea), porque, en realidad, tales cambios nunca se producen si no es por medio de una técnica particular. Esa técnica supone la toma del poder por parte de un pequeño y muy disciplinado grupo, seguida, al parecer automáticamente, del imperio del terror y la policía secreta. En mi opinión, ninguno de esos grupos es lo bastante bueno para ostentar ese poder. Todos están compuestos por hombres con pasiones semejantes a las nuestras. El secretismo y disciplina de su organización habrán inflamado ya en ellos el deseo de ingresar en los círculos del poder, deseo que yo considero tan corruptor como la codicia, y sus altas pretensiones ideológicas habrán prestado a todas sus pasiones el peligroso prestigio de la Causa. De ahí que, sea cual sea la dirección del cambio, para mí está condenado a causa de su *modus operandi*. El peor de todos los peligros públicos es el comité de salud pública. Hay un personaje en *Esa horrible fortaleza* que el profesor no menciona ni una sola vez. Se trata de la señorita Hardcastle, jefa de la policía secreta. Ella es el factor común de todas las revoluciones y, como ella misma afirma, nadie haría su trabajo a no ser que encontrara en él cierto placer.

Por supuesto, he de admitir que el actual estado de cosas puede a veces ser tan malo que un hombre tenga la tentación de arriesgarse a cambiarlo incluso por métodos revolucionarios, decirse que los grandes males exigen grandes remedios, que la necesidad no conoce ley. Pero ceder a esta tentación, pienso, es fatal. Es con este pretexto como se abren paso todas las abominaciones. Hitler, el príncipe de Maquiavelo, la Inquisición, el Brujo de la Tribu, todos ellos afirmaban ser necesarios.

Desde este punto de vista, es imposible que el profesor pueda entender lo que quiero decir cuando hablo de adoración al diablo. ¿Es un símbolo? Para mí no es solo un símbolo. Su relación con la realidad es más complicada, aunque esto al profesor Haldane no le interesaría. Sin embargo, y como en parte sí que es simbólica, trataré de dar al profesor cuenta de lo que yo entiendo por adorar al diablo sin introducir el elemento sobrenatural. Debo empezar por aclarar un malentendido bastante curioso. Normalmente, cuando acusamos a algunas personas de adorar al diablo no queremos decir que lo adoran de forma consciente. Esto, estoy de acuerdo, es una rara perversión. Cuando un racionalista acusa a ciertos cristianos, como por ejemplo los calvinistas del siglo XVII, de culto al diablo, no quiere decir que adoren a un ser al que consideran el diablo: quiere decir que adoran como Dios a un ser cuyas características considera diabólicas el racionalista. Es claramente en este sentido, y solo en este sentido, como mi Frost adora al diablo. Adora a los macrobes porque son seres más fuertes y, por tanto, para él «más elevados» que los hombres. Los adora, en realidad, por los mismos motivos por los que mi amigo comunista me obligaría a honrar la revolución. En la actualidad no hay ningún hombre (probablemente) que haga lo que yo hago hacer a Frost, pero este personaje es el punto ideal en el que, si se diera el caso, confluirían ciertas tendencias ya observables.

La primera de estas tendencias es la creciente exaltación de lo colectivo frente a la creciente indiferencia por las personas. Es probable que haya que buscar las fuentes filosóficas de esta tendencia en Rousseau y Hegel, aunque el carácter general de la vida moderna, con sus enormes organismos impersonales, puede ser más potente que cualquier filosofía. El propio profesor Haldane ilustra con precisión la mentalidad actual. En su opinión, si uno tuviera que inventar una lengua para «seres sin pecado, que amasen a sus vecinos tanto como a sí mismos», sería apropiado no emplear ninguna palabra para conceptos como «mío» o «yo» y «otros pronombres e inflexiones de persona». En otras palabras, el profesor no ve diferencia entre dos soluciones al problema del egoísmo que, sin embargo, son opuestas: la del amor (que es una relación entre individuos) y la de la abolición de los individuos. Solo un «Tú» puede ser amado, y un «Tú» puede existir solo para un «Yo». Una sociedad en la que nadie fuera consciente de sí mismo como individuo frente a otros individuos, donde nadie pudiera decir «te quiero», estaría, sin duda, libre de egoísmo, pero no a causa del amor. Sería «desinteresada» en el sentido en que es desinteresado un caldero de agua. En *Back to Methuselah* encontramos otro buen ejemplo. Tan pronto como Eva se ha enterado de que la reproducción es posible, le dice a Adán: «Puedes morir en cuanto hayas hecho a un nuevo Adán. No antes. A partir de ese momento, cuando tú quieras». El individuo no importa. Por tanto, cuando de verdad empecemos a avanzar (y los jirones de una antigua ética cuelguen aún de la mayoría de las mentes) no importará lo que le suceda al individuo.

En segundo lugar está la emergencia de «el Partido» en el sentido moderno de la expresión: los fascistas, los nazis o los comunistas. Lo que distingue a los partidos actuales de los del siglo XIX es el hecho de que sus miembros creen que no solo se trata de cumplir un programa, sino también de obedecer a una fuerza impersonal, de modo que son la Naturaleza, o la Evolución, o la Dialéctica, o la Raza lo que los impulsa. Esto tiende a verse acompañado por dos creencias que, desde mi punto de vista, no pueden conciliarse con la lógica y se mezclan con gran facilidad en el terreno emocional: la fe en que el proceso que el Partido abraza es irreversible y la creencia de que el avance de este proceso es un deber supremo que deja en suspenso todas las leyes morales corrientes. De acuerdo a esta mentalidad, los hombres pueden convertirse en adoradores del diablo en el sentido de que ahora pueden *honrar*, y obedecer, sus propios vicios. Todos los hombres siguen a veces el dictado de sus vicios, pero solo cuando la crueldad, la envidia y el ansia de poder se convierten en los mandatos de una gran fuerza suprapersonal pueden ejercerse de modo autoaprobatorio. El primer síntoma se manifiesta en el lenguaje. Cuando «matar» se convierte en «liquidar», el proceso ha comenzado. El término pseudocientífico desinfecta el concepto de sangre y de lágrimas, o de vergüenza y piedad, y la propia merced puede considerarse una especie de desaliño.

[Lewis prosigue diciendo: «En la actualidad, y en la medida en que sirven a una fuerza metafísica, los Partidos modernos se parecen mucho más a las religiones. El culto a Odín en Alemania o al cadáver de Lenin en Rusia son, probablemente, menos importantes, pero hay un [...]»; y aquí se interrumpe. Falta solo una página (creo). Probablemente se perdiera poco después de la fecha de redacción del artículo y sin que Lewis lo supiera, ya que, como era su costumbre, dobló el manuscrito y garabateó a lápiz su título: «Anti-Haldane»].

IX

TERRITORIOS IRREALES

La siguiente conversación entre el profesor Lewis, Kingsley Amis y Brian Aldiss fue grabada en las dependencias del profesor Lewis en el Magdalene College, poco antes de que su enfermedad le obligara a retirarse. Tras servir las bebidas, comienza la charla:

ALDISS: Los tres tenemos en común que hemos publicado algunos relatos en *Magazine of Fantasy and Science Fiction*. Varios de estos relatos transcurren en lugares remotos. Supongo que todos estaremos de acuerdo en que uno de los atractivos de la ciencia ficción es que nos lleva a lugares desconocidos.

AMIS: Si Swift escribiera hoy, tendría que llevarnos a otros planetas, ¿verdad? La mayoría de nuestra *terra incognita* se ha convertido en... terreno urbanizable.

ALDISS: Gran parte de la literatura del siglo XVIII equivalente a la ciencia ficción sitúa la acción en Australia o en territorios irreales parecidos.

LEWIS: Exacto: Peter Wilkins y todos esos. A propósito, ¿alguien va a traducir alguna vez el *Somnium* de Kepler?

AMIS: Groff Conklin me dijo que lo había leído; supongo que hay que traducirlo. Pero ¿podemos hablar de los mundos que creó usted? ¿Escogió la ciencia ficción porque quería ir a otros lugares extraños? Recuerdo con una admiración llena de respeto y diversión su descripción, del paseo espacial en *Más allá del planeta silencioso*. Cuando Ransom sube con su amigo a la nave espacial, le pregunta: «¿Cómo funciona la nave?»; y el otro le responde: «Aprovechando algunas de las propiedades menos conocidas de...» ¿de qué era?

LEWIS: De la radiación solar. A Ransom le responden con palabras que no tienen ningún significado para él, que es lo que un profano consigue cuando pide una explicación científica. Evidentemente, todo con bastante vaguedad, porque yo no soy científico y no me interesan los aspectos puramente técnicos.

ALDISS: Casi ha pasado un cuarto de siglo desde que usted escribió esa novela, la primera de su trilogía.

LEWIS: ¿He sido un profeta?

ALDISS: Hasta cierto punto, sí. Por lo menos, esa idea de que haya naves propulsadas por radiación solar vuelve a estar de moda. Cordwiner Smith la usó poéticamente, James Blish trató de utilizarla técnicamente en *The Star Dwellers*.

LEWIS: En mi caso era pura palabrería, y quizá su principal objetivo era convencerme a mí.

AMIS: Evidentemente, cuando alguien emplea planetas aislados o islas solitarias lo hace con cierto propósito.

Situar la narración en el Londres actual o en un Londres del futuro no puede proporcionar el mismo aislamiento ni agudización de conciencia.

LEWIS: El punto de partida de la segunda novela, *Perelandra*, fue mi imagen mental de las islas flotantes. En cierto sentido, el resto de mi trabajo consistió en construir un mundo en el que esas islas tuvieran cabida. Y luego, por supuesto, desarrollar la historia de la Caída evitada. Como saben, si sitúas a tus personajes en un país tan emocionante, tiene que ocurrir algo.

AMIS: Lo que con frecuencia exige un gran esfuerzo de los personajes.

ALDISS: Me sorprende que lo explique de este modo. Yo creía que había ideado *Perelandra* con propósitos didácticos.

LEWIS: Sí, todo el mundo lo cree, pero se equivocan.

AMIS: Si puedo decir una palabra en favor del profesor Lewis... Por supuesto que hay un propósito didáctico, se dicen muchas cosas interesantes y profundas, pero —corríjame si me equivoco— yo diría que la simple sensación de asombro, de que suceden cosas extraordinarias, es la fuerza motriz de la creación.

LEWIS: Exactamente, pero tenía que pasar algo. La historia de la caída evitada surgió muy a propósito. Por supuesto, la historia no habría sido esa, en particular, si yo no hubiera estado interesado precisamente en esas ideas por otros motivos. Pero no empecé por ahí. Nunca empiezo por el mensaje ni por la moraleja, ¿y ustedes?

ALDISS: No, nunca. Te interesas por la situación.

LEWIS: Es la misma historia la que debe imponerte su moraleja. Averiguas la moraleja cuando escribes la historia.

AMIS: Exacto. Y creo que esto es así en todo tipo de literatura de ficción.

ALDISS: Sin embargo, mucha ciencia ficción se ha escrito desde el otro punto de vista. Esos horribles dramas sociológicos que se publican de vez en cuando empiezan con un propósito didáctico, demostrar una idea preconcebida, y no van más allá.

LEWIS: Supongo que Gulliver empezó desde un punto de vista muy definido. ¿O lo hizo porque quería escribir sobre hombres gigantes o enanos?

AMIS: Posiblemente por ambas cosas. También la parodia que Fielding quiere hacer de Richardson acaba convirtiéndose en *Joseph Andrews*. Mucha ciencia ficción pierde la fuerza que podría tener cuando se dice: «Bueno, estamos en Marte, todos sabemos cómo es este lugar, vivimos en cúpulas presurizadas o algo así, y la vida es más o menos como en la Tierra, excepto que hay diferencias climáticas». Dan por buenas las invenciones de otros, en lugar de forjar las suyas.

LEWIS: Solo el primer viaje a un nuevo planeta tiene interés para las personas con imaginación.

AMIS: En sus lecturas del género, ¿ha encontrado alguna vez algún autor que haya hecho esto como es debido?

LEWIS: Bueno, uno que a ustedes probablemente no les parecerá bien porque es muy acientífico. Se trata de

David Lindsay, en su *Viaje a Arcturus*. Es muy interesante, porque desde un punto de vista científico es absurdo, el estilo es horrible y, sin embargo, consigue que su espantosa visión nos llegue.

ALDISS: A mí no me llegó.

AMIS: Ni a mí. No obstante... Victor Gollancz me contó que una vez Lindsay hizo un comentario muy interesante sobre *Arcturus*; dijo: «Nunca gustaré a un gran público, pero creo que mientras nuestra civilización perviva, cada año habrá al menos una persona que me lea». Respeto esa actitud.

LEWIS: Por supuesto. Humilde y apropiada. También estoy de acuerdo con algo que dijo usted en un prefacio, creo que era que alguna ciencia ficción aborda con acierto temas mucho más serios que los de la novela realista; problemas reales sobre el destino del hombre y otros parecidos. ¿Recuerdan aquel relato sobre un hombre que conoce a un monstruo hembra que ha llegado de otro planeta con todos sus cachorros? El monstruo y los cachorros se mueren de hambre, de modo que el hombre les ofrece todo tipo de cosas de comer, pero ellos las vomitan al instante. Hasta que uno de los pequeños se lanza sobre él, empieza a chuparle la sangre y, de inmediato, comienza a revivir. La hembra no tiene ni un solo rasgo humano, es horrible. Mira al hombre mucho rato —están en un lugar completamente desierto— y, acto seguido y con enorme tristeza, recoge a sus pequeños, regresa a la nave espacial y se marcha. Francamente, es imposible encontrar tema más serio. ¿Qué es la insignificante historia de una pareja de amantes humanos comparada con eso?

AMIS: Pero hay un lado negativo, y es que las personas que abordan estos temas importantes y maravillosos suelen tener la preparación mental, moral o estilística suficientes. La lectura más reciente de la ciencia ficción demuestra que los escritores son cada vez más capaces de abordarlos. ¿Ha leído *Cántico a San Leibowitz*, de Walter Miller? ¿Qué puede comentarnos sobre ella?

LEWIS: Me pareció muy buena. Aunque solo la he leído una vez y no suelo opinar sobre si un libro es bueno o no hasta que lo he leído dos o tres veces. Voy a leerlo de nuevo. Es una obra importante, no hay duda.

AMIS: ¿Qué le parece su tono, su espíritu religioso?

LEWIS: Está muy bien traído. Tiene pasajes que uno podría discutir, pero en conjunto está bien concebida y bien ejecutada.

AMIS: ¿Conoce *Un caso de conciencia*, de James Blish? ¿Está de acuerdo en que la ciencia ficción es la salida más natural para escribir una novela religiosa, sin los matices de la práctica eclesiástica ni los abrumadores detalles de la historia y demás?

LEWIS: Si tienes una religión, que sea cósmica; por eso me parece extraño que el *género* haya tardado tanto en surgir.

ALDISS: Ha tardado mucho en llamar la atención de la crítica. Las revistas llevan publicándose desde 1926, aunque al principio apelaban sobre todo a los aspectos científicos. Como dice Amis, empieza a haber gente que, además de tener ideas muy interesantes desde un punto de vista técnico, sabe escribir.

LEWIS: Deberíamos haber dicho ya que ese es un tipo muy distinto de ciencia ficción, sobre el que no tengo nada que decir. Los escritores verdaderamente interesados por el aspecto técnico del género. Por supuesto, si está bien hecho, es perfectamente legítimo.

AMIS: Lo puramente técnico y lo puramente creativo se solapan, ¿no es verdad?

ALDISS: Ciertamente hay dos corrientes distintas que con frecuencia se solapan, por ejemplo, en los libros de Arthur C. Clarke. La mezcla puede ser muy interesante. Luego está ese tipo de historia que no es teológica, pero que incide en un tema moral. Un ejemplo es ese relato de Robert Sheckley en el que la Tierra estalla por culpa de la radiactividad. Los supervivientes de la especie humana se han desplazado a otro planeta y llevan allí unos mil años; vuelven para reclamar la Tierra y la encuentran llena de criaturas de vistosos caparazones, vegetación, etcétera. Un personaje dice: «La limpiaremos y volverá a ser habitable para el hombre». Pero al final la decisión es: «Destrozamos el planeta cuando era nuestro, será mejor que nos vayamos y se lo dejemos a ellos». Es un relato escrito alrededor de 1949, cuando la mayoría de la gente ni había empezado a pensar en el tema.

LEWIS: Sí. Casi todas las historias anteriores partían de la base de que nosotros, la especie humana, teníamos la razón y todo lo demás eran ogros. Es posible que yo haya contribuido un poco a alterar esa situación, pero el nuevo punto de vista ha calado hondo. Hemos perdido la confianza, por así decirlo.

AMIS: Hoy en día todo es terriblemente autocrítico y autocontemplativo.

LEWIS: Lo cual es, sin duda, un avance enorme, un avance humano. La gente debe pensar así.

AMIS: Los prejuicios de las personas supuestamente cultas contra este tipo de ficción son increíbles. Si abres una revista de ciencia ficción, particularmente *Fantasy and Science Fiction*, asombra la amplitud de intereses a los que se apela y la inteligencia que se pone en juego. Es hora de que mucha más gente caiga en la cuenta. Llevamos mucho tiempo hablándoles del género.

LEWIS: Muy cierto. El mundo de la ficción seria es muy pequeño.

AMIS: Demasiado pequeño si quieres ocuparte de un tema amplio. Por ejemplo, en *The Disappearance*, Philip Wylie quiere tratar de la diferencia entre hombres y mujeres de un modo general, en la sociedad del siglo XX, independientemente de toda consideración regional o temporal; su tesis, según yo la entiendo, es que, despojados de sus roles sociales, hombres y mujeres son prácticamente iguales. La ciencia ficción, que puede abordar un gran cambio de nuestro entorno, es el medio natural para discutir temas así. Fijémonos en cómo William Golding disecciona las miserias humanas en *El señor de las moscas*.

LEWIS: Eso no es ciencia ficción.

AMIS: No estoy de acuerdo. Comienza con una situación característica de la ciencia ficción: la Tercera Guerra Mundial ha empezado, han caído las bombas y todo eso...

LEWIS: Ah, bueno, usted adopta el punto de vista alemán de que cualquier novela que se desarrolle en el futuro es ciencia ficción. No me parece una definición muy útil.

AMIS: «Ciencia ficción» es una etiqueta demasiado vaga.

LEWIS: Y, por supuesto, gran parte de ella no es *ciencia* ficción. En realidad, no es más que un criterio negativo: todo lo que no sea naturalista, lo que no trate de lo que llamamos «el mundo real».

ALDISS: Yo creo que no deberíamos tratar de definirla, porque en cierto sentido es algo que se define a sí mismo. Sabemos de lo que estamos hablando. Aunque tiene razón sobre *El señor de las moscas*. La atmósfera es de una novela de ciencia ficción.

LEWIS: La isla es muy terrestre; la mejor isla, o casi, para la ficción. El efecto sobre los sentidos del lector es espléndido.

ALDISS: En efecto, pero es un experimento de laboratorio.

AMIS: Se aíslan ciertas características del hombre para ver cómo reacciona...

LEWIS: El único problema es que Golding escribe muy bien. En otra de sus novelas, *Los herederos*, el detalle de cada impresión sensible, la luz sobre las hojas, etcétera, es tan bueno que no consigues averiguar qué está pasando. Yo incluso diría que está demasiado bien escrita. En la vida real solo adviertes esos detalles si tienes mucha fiebre. Las hojas normalmente no te dejan ver el bosque.

ALDISS: Lo mismo sucede en *Martín el atormentado*. Todas sus sensaciones en las rocas, cuando le arrastran las olas, están descritas con una viveza alucinada.

AMIS: Esa es la expresión exacta. Creo que hace treinta años, cuando querías ocuparte de un tema general, escogías la novela histórica; ahora tendrías que recurrir a lo que yo podría describir de una manera prejuiciosa como ciencia ficción. En la ciencia ficción puedes aislar los elementos que quieres examinar. Si quieres escribir sobre el colonialismo, por ejemplo, como ha hecho Poul Anderson, no lo haces escribiendo una novela sobre Ghana o Pakistán...

LEWIS: Lo que te sitúa ante una masa de detalles en la que no quieres entrar...

AMIS: Imaginas un mundo en el espacio e incorporas los elementos que necesitas.

LEWIS: ¿Describirían *Planilandia*, de Abbott, como ciencia ficción? Hace tan pocos esfuerzos por introducir algo de sensualidad... En fin, no puede y se queda en un teorema intelectual. ¿Busca un cenicero? Use la moqueta.

AMIS: En realidad, quería *whisky*.

LEWIS: Oh, sí, adelante, perdone... Pero es probable que la gran obra de ciencia ficción no se haya escrito todavía. Antes de Dante se escribieron algunos libros intrascendentes sobre el más allá, antes de Jane Austen estuvo Fanny Burney, antes de Shakespeare, Marlowe.

AMIS: Estamos en los prolegómenos.

LEWIS: Ojalá se pudiera convencer a los críticos serios de que le prestaran la atención debida...

AMIS: ¿Cree que algún día lo harán?

LEWIS: No, la dinastía actual tiene que morir y pudrirse antes de que se pueda hacer algo más.

ALDISS: ¡Espléndido!

AMIS: En su opinión, ¿qué les retrae?

LEWIS: Matthew Arnold hizo la horrible profecía de que la literatura iría sustituyendo progresivamente a la religión. Lo ha hecho, y ha adquirido todos sus rasgos de persecución amarga, gran intolerancia y tráfico de reliquias. Toda literatura se está convirtiendo en texto sagrado. Un texto sagrado siempre está expuesto a las exégesis más monstruosas; de ahí que tengamos que ver el espectáculo de que un infeliz erudito tome cualquier *divertissement* escrito en el siglo XVII y extraiga de él las ambigüedades y la crítica social más profundas, cosas que, por supuesto, no están en el texto... Es como buscarle tres pies al gato y, además, encontrárselos. [*Risas*] Va a durar hasta mucho después de que yo muera; es posible que ustedes vean su final, yo no lo veré.

AMIS: ¿Le parece que es una parte tan integral del *establishment* que la gente no puede librarse?

LEWIS: Es una industria, ¿comprende? ¿Sobre qué tratarían las tesis doctorales de todas esas personas si se les privara de ese apoyo?

AMIS: El otro día me ocurrió algo que ejemplifica esta mentalidad. Alguien se refirió al «sospecho, muy fingido entusiasmo del señor Amis por la ciencia ficción».

LEWIS: ¡Es exasperante!

AMIS: No puede gustarte.

LEWIS: Tienes que estar fingiendo que eres un simple o algo así. Es una actitud con la que me encontrado muchas veces... Probablemente hayan alcanzado ustedes esa posición en la que ya se escriben tesis sobre su obra. Yo he recibido una carta de un profesor americano en la que me pregunta: «¿Es verdad que quiere usted decir esto y esto y esto otro?». Un tesinando me había atribuido algunas opiniones que había contradicho explícitamente en el inglés más llano posible. Harían mucho mejor en escribir sobre los muertos, que no pueden responder.

ALDISS: Creo que en Estados Unidos la ciencia ficción tiene una aceptación más responsable.

AMIS: No estoy seguro, ¿sabe, Brian?, porque cuando se publicó allí nuestra antología *Spectrum I*, los críticos nos dispensaron un tratamiento menos amistoso y comprensivo que aquí.

LEWIS: Me sorprende porque, en general, la crítica americana es más amistosa y generosa que la inglesa.

AMIS: En Estados Unidos, la gente se daba palmaditas en la espalda por no comprender lo que queríamos decir.

LEWIS: ¡Ese extraordinario orgullo de verse eximido de tentaciones de las que todavía no estás a la altura! ¡Los eunucos jactándose de su castidad! [*Risas*].

AMIS: Una de mis teorías favoritas es que los escritores serios que todavía no han nacido o están en el colegio pronto considerarán la ciencia ficción un medio natural para escribir.

LEWIS: A propósito, ¿ha logrado algún autor de ciencia ficción inventar con éxito un tercer sexo? Aparte del tercer sexo que todos conocemos.

AMIS: Clifford Simak situó una de sus obras en un lugar donde había siete sexos.

LEWIS: ¡Qué raros debían de ser los matrimonios felices en un sitio así!

ALDISS: Quizás el esfuerzo mereciese la pena.

LEWIS: Evidentemente, cuando lo conseguían, debía de ser maravilloso. [*Risas*]

ALDISS: Yo preferiría escribir ciencia ficción a cualquier otra cosa. El peso muerto es mucho menor en la ciencia ficción que en la novela corriente. Tienes la sensación de estar conquistando un territorio nuevo.

AMIS: Hablando como un novelista supuestamente realista, he escrito algo de ciencia ficción y me parece una liberación tremenda.

LEWIS: Bueno, es usted un hombre muy maltratado. Escribió una farsa y todo el mundo pensó que era una denuncia condenatoria de las universidades. Siempre he sentido una gran simpatía por usted. La gente no comprende que una broma es una broma. Todo tiene que ser serio.

AMIS: «Un termómetro de la sociedad».

LEWIS: Algo que pesa mucho sobre los que amamos la ciencia ficción es la horrible sombra de los cómics.

ALDISS: No estoy tan seguro. Titbits Romantic Library no hace mella en el escritor serio.

LEWIS: Es una buena analogía. Ninguna novela rosa conseguirá acabar con la novela de cortejo y amor normal y legítima.

ALDISS: Pudo haber un tiempo en que la ciencia ficción y el cómic se ponían en la misma balanza y parecían deficientes, pero afortunadamente eso sí pertenece al pasado.

AMIS: He visto los cómics que leen mis hijos y no son más que una adaptación vulgar de los temas de que se ocupa la ciencia ficción.

LEWIS: Totalmente inofensivos, si no le importa. Esa cháchara sobre el peligro moral de los cómics es una completa majadería. La verdadera objeción tiene que hacerse contra esos horribles dibujos. Sin embargo, verá que el mismo chico que los compra lee también a Shakespeare o a Spenser. Los niños son terriblemente católicos. Esa es mi experiencia con mis hijos adoptivos.

ALDISS: Catalogarlo todo es una costumbre muy inglesa: si lees a Shakespeare, no puedes leer cómics; si lees ciencia ficción, no puedes hacerlo en serio.

AMIS: Eso es lo que me molesta.

LEWIS: ¿No debería la palabra «serio» llevar pegada una prohibición? «Serio» debería significar sencillamente lo opuesto a cómico, mientras que ahora significa «bueno» o «literatura» con mayúsculas.

ALDISS: No puedes ser serio si no eres grave.

LEWIS: Leavis exige gravedad moral; yo prefiero la moral a secas.

AMIS: Lo suscribo punto por punto.

LEWIS: Quiero decir que antes viviría entre personas que no hacen trampas a las cartas que entre aquellos que hablan con mucha gravedad de no hacer trampas a las cartas. [*Risas*].

AMIS: ¿Más *whisky*?

LEWIS: Para mí no, gracias, pero sírvase usted. [*Ruido de líquidos*].

AMIS: Creo que habría que dejar todo esto, ¿sabe? Los comentarios sobre las bebidas.

LEWIS: No veo por qué no podemos tomar una copa. Escuche, usted me había pedido prestado *Planilandia*, de Abbott, ¿verdad? Me temo que tengo que irme a cenar. [*Entrega* Planilandia *a Kingsley Amis*]. El manuscrito original de la *Ilíada* no podría ser de más valor. Solo el impío toma lo prestado y no lo devuelve.

AMIS [*leyendo*]: Por A. Square.

LEWIS: Claro, pero entonces la palabra *square* no tenía el mismo sentido.[1]

---

1. Originalmente, Edwin A. Abbott publicó su novela (1888) bajo el pseudónimo de A. Square, que es lo que Kingsley Amis lee cuando Lewis le entrega el ejemplar de *Planilandia*. De viva voz, sin embargo, «By A. Square» puede entenderse como «by a square», es decir, «por un simple», que es el sentido del término al que alude Lewis (N. del T.).

AIDISS: Es como ese poema de Francis Thompson que termina: «Me entregó tres obsequios, un libro, una palabra de su sabrosa boca y una dulce fruta silvestre»; aquí también ha cambiado el significado. En época de Thompson, todavía era una fruta. [*Risas*].

LEWIS: O esa deliciosa anécdota del obispo de Éxeter cuando fue a entregar unos premios en un colegio femenino. Las alumnas representaron *El sueño de una noche de verano*, y el pobre hombre se puso en pie después de la función para pronunciar un discurso y dijo [*con voz aguda*]: «He seguido con mucho interés su maravillosa representación y entre otras cosas me ha resultado muy interesante ver, por primera vez en mi vida, un Bottom[2] femenino». [*Carcajadas*].

---

2. *Bottom*, además de ser el nombre de uno de los personajes de *El sueño de una noche de verano*, significa «trasero» (N. del T.).

SEGUNDA PARTE
RELATOS

X

LAS TIERRAS FALSAS

DADO QUE ME considero una persona cuerda y que gozo de buena salud, me he sentado a las 11 de la noche a escribir, mientras los recuerdos aún están frescos, acerca de la curiosa experiencia que he tenido esta mañana.

Sucedió en mi habitación de la universidad, desde donde escribo, donde todo empezó de la manera más común y corriente gracias a una llamada de teléfono.

—Habla Durward —dijo la voz—, estoy en la recepción. Me encuentro en Oxford, estaré unas cuantas horas. ¿Puedo pasar a verle?

Naturalmente le dije que sí. Durward es un antiguo alumno mío y un tipo bastante decente; me encantaría verlo otra vez. Me causó cierto fastidio que, luego de unos minutos, se asomara a mi puerta acompañado de una joven. Detesto que se me diga que alguien quiere visitarme a solas, ya sea hombre o mujer, y que al final se aparezca con marido o esposa o novio o novia. Yo creo que primero se me debería advertir.

La jovencita no era ni bella ni sencilla y, obviamente, arruinó la conversación. Se nos hizo imposible a Durward y a mí charlar de las cosas que teníamos en común porque ello habría significado ignorar a aquella jovencita. Además, ella y Durward no habrían podido conversar de las cosas que ellos (supuestamente) tienen en común porque me habrían ignorado. Me la presentó como «Peggy» y me dijo que estaban comprometidos. Luego de aquello, los tres nos sentamos y empezamos un va y viene de inútiles comentarios en torno al tiempo y las noticias.

Tengo la tendencia a quedarme con la mirada en el infinito cuando estoy profundamente aburrido, y me temo que me haya quedado con la vista fija en aquella jovencita sin tener el más absoluto interés en ella. En todo caso, me encontraba en aquella situación cuando me sucedió algo muy extraño. De una manera súbita, sin que sintiera ningún vahído o náuseas o algo similar, me encontré en un lugar totalmente distinto. Aquella familiar habitación desapareció; Durward y Peggy se esfumaron. Me encontraba solo y de pie.

Lo primero que se me vino a la mente fue que había tenido algún problema en la vista. No me encontraba en la oscuridad, ni siquiera en la penumbra, pero todo parecía nublado. Veía algo que parecía la luz del día, pero cuando subí la mirada, no vi nada que se pareciera al cielo. Sospecho que quizá era el cielo de un monótono y aburrido día gris, pero no me era posible determinar su distancia. Si hubiera tenido que describirlo, habría usado la palabra «indefinido». Pude ver un poco más abajo y más próximo a mí unas figuras verticales, medio verdosas y descoloridas. Me las quedé mirando por un buen

tiempo hasta que se me ocurrió que podían ser árboles.
Me acerqué un poco y las observé; la impresión que me
causaron no es fácil de describir con palabras. Lo más
cercano que se me ocurre es «una especie de árbol» o
«en fin, árboles, si a *eso* se le puede llamar árboles» o
«un intento de árbol». Supongo que es la definición más
burda y poco convincente respecto a estos árboles que se
puede imaginar. No tenían una anatomía normal, ni siquiera ramas; eran más bien como postes de luz con una
gran masa amorfa de luz verde en la parte superior. La
mayoría de los niños puede dibujar de memoria mejores
árboles que aquellos.

Cuando estuve observando detenidamente aquellos
supuestos árboles me di cuenta de aquella luz: constante, algo plateada, que brillaba a la distancia en aquel
Bosque Falso. Inmediatamente empecé a caminar hacia
aquel bosque y de pronto me percaté del terreno que
pisaba. Era cómodo, suave, fresco y ligero a las pisadas;
pero cuando lo miré con detenimiento era de un aspecto
horriblemente feo. Se le parecía en algo al césped, como
cuando lo ves bajo la luz de un día gris pero en realidad
no le prestas atención. No se podían distinguir las lá-
minas del césped. Me incliné y traté de ubicarlas, pero
cuanto más te acercabas a verlas, más borrosas se veían.
De hecho, tenían el mismo aspecto borroso y manchado
que aquellos árboles falsos y artificiales.

Empecé a tomar consciencia del pleno asombro de
mi aventura. Con ello empecé a sentir miedo, pero no
solo eso, sino que me sentí indignado. Dudo que pueda

explicarle esto a alguien que no haya tenido una experiencia similar. Sentí que súbitamente había sido expulsado del mundo real, brillante, tangible y sumamente complejo hacia una especie de universo de segunda clase, que había sido creado por un falsificador con materiales artificiales y baratos. Sin embargo, seguí caminando hacia aquella luz plateada.

En aquel césped artificial se veía por doquier áreas de algo que, a la distancia, parecían flores. Pero cuando uno se acercaba a ellas, eran tan falsas como los árboles y el césped. Ni siquiera se podía determinar qué clase de flores se suponía que eran. Y no tenían tallos ni pétalos; eran tan solo una masa amorfa. En cuanto a sus colores, yo habría podido pintarlas mejor con un juego barato de acuarelas.

Me hubiera encantado imaginarme que estaba soñando, pero de alguna manera sabía que no era así. De lo único que estaba convencido es de que yo mismo había muerto. En aquel momento, con un fervor mayor que el de ningún otro deseo que haya tenido, deseé haber vivido una buena vida.

Mi mente empezaba a crear una preocupante hipótesis. Sin embargo, dicha hipótesis se hizo trizas. En medio de toda aquella artificialidad me encontré con flores de narciso. Eran narcisos reales, podados, esbeltos y perfectos. Me incliné para tocarlos; me volví a poner de pie para observar su belleza. Y no solo aquella belleza —lo que más me importaba en aquel momento—, sino, digamos, su franqueza; narcisos reales, sinceros, completos, vivientes, que podían ser reconocidos.

«Pero, entonces, ¿en dónde me encuentro? Debo proseguir hacia aquella luz. Quizá todo se aclare allá. Quizá sea el centro de todo este extraño lugar».

Alcancé la luz más pronto de lo que me esperaba. Pero ahora me encontré con algo más de que preocuparme. Se trataba de unas Criaturas Caminantes. Me veo en la necesidad de llamarlas así porque no son «personas». Son del tamaño de los seres humanos y tienen dos piernas, que usan para caminar; pero prácticamente no son verdaderos hombres, al igual que los árboles falsos, y son igual de borrosos. Si bien no estaban desnudos, era imposible determinar qué clase de ropas vestían, y aunque tenían como cabeza una pálida masa amorfa, carecían de rostros. Por lo menos aquella fue mi primera impresión. Luego, empecé a notar algunas excepciones curiosas. De vez en cuando algunos de ellos empezaban a mostrar características propias; un rostro, un sombrero o un vestido empezaban a resaltar con bastante detalle. Lo curioso del caso es que aquellos vestidos eran siempre de mujer, pero los rostros eran de hombre. Estos dos detalles hacían que frente a este grupo de criaturas —por lo menos un hombre como yo— perdiera la curiosidad. Los rostros de hombre no eran de los que me llamarían la atención; un grupo muy ostentoso, gigolós y afeminados. Pero se veían muy contentos de sí mismos. De hecho, todos expresaban el mismo rostro de tonta admiración.

Finalmente pude ver de dónde provenía aquella luz. Me encontraba en una especie de calle. Por lo menos, detrás de la multitud de Criaturas Caminantes a cada lado de la calle se veían los escaparates de unas tiendas y desde allí salía aquella luz. Me abrí paso entre aquella multitud por el lado izquierdo —curiosamente sin poder tocar a ninguno de aquellos seres— hasta poder darle un vistazo a los escaparates de aquellas tiendas.

Pero se me presentó una nueva sorpresa. Se trataba de una joyería y, luego de la distracción y el deterioro generalizado de aquel lugar afeminado, lo que vi me dejó sin aliento. Todo lo que había detrás de ese escaparate era perfecto; todas las caras de los diamantes eran únicas, todos los broches y diademas mostraban complejos detalles hasta la perfección. Por lo visto, eran joyas muy valiosas; seguramente valían mucho dinero.

—¡Por Dios! —me dije con voz entrecortada—. ¿Cuándo se acabará esto?

Le di una mirada rápida a la siguiente tienda y las mercaderías *no* se acababan. La siguiente contenía vestidos de lujo para damas. No soy experto en el asunto, así que no podría decir si eran valiosos. Lo cierto es que eran reales, visibles y palpables. La tienda que le seguía a esta vendía zapatos para damas. Y había más. Eran zapatos reales, de esos que terminan en punta y de tacón muy alto y que, a mi parecer, terminan arruinando los más bellos pies, pero eran reales.

Pensaba que para algunas personas este lugar no sería tan aburrido como yo lo encontraba, cuando de pronto el ambiente afeminado de todo este lugar me volvió a impactar.

—¿Dónde diablos...? —empecé a quejarme, pero de inmediato me corregí—. ¿En qué lugar de la tierra me encuentro?

Es que la primera expresión manifestaría, en cualquier circunstancia, una situación desafortunada.

—¿En qué lugar del planeta estoy? Árboles falsos, césped falso, cielo falso, flores falsas, excepto los narcisos, gente falsa, tiendas de primera clase. ¿Qué significa todo esto?

Dicho sea de paso, todas las tiendas eran para mujeres, así que rápidamente perdí interés en el asunto. Caminé todo el largo de aquella calle y entonces, un poco más adelante, pude ver la luz del sol.

Obviamente, no era luz solar verdadera. Aquel cielo gris no tenía ninguna abertura para que dejara pasar los rayos del sol. No se le había prestado atención a aquello, así como a todas las demás cosas de aquel mundo. Lo que vi era sencillamente una mancha de luz solar en el piso, inexplicable e imposible (excepto que estaba allí), y por tanto no era algo que causara alegría; era más bien espantoso y alarmante. Pero no tenía el tiempo para pensar en aquello, porque algo en el centro de aquella mancha de luz, algo que yo había creído que era un pequeño edificio, se empezó a mover y me causó una profunda conmoción porque me di cuenta de que estaba mirando a una gigantesca figura humana. Giró hacia mí y me miró directamente a los ojos.

No solo era un gigante, era también la única figura humana completa que había visto desde que ingresé a aquel mundo. Era mujer. Estaba recostada sobre la arena bajo aquel sol, supuestamente en una playa, aunque no había rastros de ningún mar. Estaba casi desnuda, pero tenía un mechón de tela de un brillante color sobre sus caderas y sus pechos, así como los trajes de baño que las jovencitas modernas visten cuando van a una playa real. El efecto que me causó fue de repulsión, pero pronto me di cuenta de que esto se debía a su horrendo tamaño. Si lo veía desde un punto de vista abstracto, la gigante tenía una buena figura, casi perfecta, si es que te agrada la figura moderna. Respecto a su rostro, tan pronto como me fijé en él, dije en voz alta:

—¡Ah, allí estabas! ¿Dónde está Durward? ¿Dónde estamos? ¿Qué nos ha sucedido?

Pero los ojos de la gigante siguieron mirándome directamente a los míos y me atravesaron. Obviamente, para ella yo era invisible y no me oía. Pero no había duda alguna de quién se trataba. Era Peggy. Al fin pude reconocerla. Sin embargo, era Peggy cambiada. No me refiero solamente al tamaño. En cuanto a su figura, se trataba de Peggy, pero mejorada. No creo que nadie hubiera podido negarlo. En cuanto al rostro, puede haber muchas opiniones al respecto. En lo personal, yo no hubiera dicho que fuese una mejoría. No había más sentido de bondad o franqueza —dudo que haya habido más— en aquel rostro comparado con la Peggy original. Pero era más uniforme. En particular, el problema con los dientes que había notado en la Peggy original, en esta Peggy eran perfectos. Sus labios eran más voluminosos.

Su complexión era tan perfecta que parecía una muñeca de mucho valor. La mejor expresión que podría usar para describir a esta Peggy es que se parecía a las modelos de los anuncios.

Si tuviera que casarme con una de ellas, lo haría con la antigua Peggy en su versión no mejorada. Pero ni el infierno desearía tener que elegir entre ambas.

Mientras todo esto sucedía en aquel escenario —aquel absurdo pedazo de playa—, todo empezó a cambiar. La gigante se puso de pie. Estaba sobre una alfombra. Empezaron a aparecer alrededor de ella paredes, ventanas y muebles. Ahora se encontraba en una habitación. Incluso yo habría podido decir que se trataba de una muy lujosa, aunque su estilo no era de mi agrado. Había muchas flores, la mayoría de ellas orquídeas y rosas, y estas eran más hermosas que los narcisos de antes. Había un gran ramo de flores (con una tarjeta de dedicatoria), tan hermoso como cualquier otro que haya visto. Había una puerta abierta detrás de ella, en la que se podía ver un baño, uno de aquellos que quisiera tener. Aquel baño tenía una bañera empotrada en el piso. Y había una sirvienta francesa que preparaba las toallas, las sales de baño y demás accesorios. Aquella sirvienta no era tan perfecta como las rosas o incluso las toallas, pero su rostro era más francés que el rostro de cualquier mujer francesa.

La gigante Peggy procedió a quitarse su traje de baño y se detuvo desnuda delante de un gran espejo. Aparentemente disfrutaba de lo que veía; yo en cambio, no puedo expresar cuánto me disgustaba a mí aquello. En

parte era el tamaño (lo más justo sería recordar aquello)
pero, no solo eso, fue algo que me sorprendió en gran
manera, aunque supongo que los amantes modernos deben estar acostumbrados a ello. Su cuerpo estaba (obviamente) bronceado, como los cuerpos de los anuncios de
las playas. Sus caderas eran anchas y sus pechos redon-
dos. Donde estuvo su traje de baño había dos líneas de
piel blanca que, debido al contraste, parecían lepra. El
aspecto de ese detalle me causó algo de náusea. Lo que
me dejó atónito fue que ella podía admirarse a sí misma.
¿Acaso no estaba consciente del efecto que tendría a la
vista de los hombres? Llegué a la desagradable conclusión de que a ella no le interesaba este asunto; de que todos sus vestidos y sus sales de baño y su traje de playa
y ciertamente la voluptuosidad de todas sus miradas y
gestos no tuvieron ni tendrán el significado que tienen
para cualquier hombre que la lograse ver. Eran como una
gran obertura de una ópera en la que ella no tenía interés
alguno; como una ceremonia de coronación sin una reina
presente; como gestos y más gestos acerca de nada.

Y ahora me percaté de que se habían oído dos ruidos
todo este tiempo, los únicos ruidos que había podido escuchar en aquel mundo. Provenían de afuera, de más allá
de aquel cielo gris que cubría las Tierras Falsas. Ambos
sonidos eran golpes; golpes constantes, infinitamente remotos, como si dos forasteros, dos personas excluidas
estuviesen golpeando las paredes de aquel mundo. Uno
de ellos era débil, pero sólido; acompañando al golpe había una voz que decía:

—Peggy, Peggy, déjame entrar.

Pensé que era la voz de Durward. Pero, respecto al otro golpe, no sé cómo describirlo. Quizá, de una manera curiosa, era suave; «suave como la lana y nítido como la muerte», suave pero insoportablemente pesado, como si con cada golpe una gigantesca mano cayera fuera de aquel Cielo Falso y lo cubriera totalmente. Junto a aquel golpe se escuchaba una voz cuyo sonido hacía que me derritiera de miedo:

—Hija, hija, hija, déjame entrar antes de que llegue la noche.

Antes de que llegue la noche… de pronto la luz normal del día me inundó. Había vuelto a mi habitación y junto a mí estaban mis dos invitados. No parecía que hubieran notado nada inusual en mí, aunque es probable que durante el resto de la conversación hubieran pensado que estaba borracho. Pero estaba feliz. Y en cierto modo también borracho; ebrio de felicidad por estar de regreso en el mundo real, libre y fuera de aquella terrible prisión en esa tierra. Podía escuchar unos pájaros cantar cerca de una ventana; sentía el verdadero calor de sol caer sobre una pared. Me acordé de que aquella pared necesitaba una mano de pintura; pude haberme puesto de rodillas y haber besado aquella descascarada pared, hermosamente real y sólida. Me percaté de un pequeño corte en la mejilla de Durward, quizá de cuando se afeitó esa mañana; sentí también alegría por ello. De hecho, cualquier cosa me habría hecho feliz: me refiero a cualquier «cosa», siempre y cuando fuera una cosa real y verdadera.

En fin, esto es lo que me sucedió; que cualquiera lo interprete como quiera. Mi hipótesis es la que se le habría ocurrido a la mayoría de los lectores. Quizá sea demasiado obvia; estoy dispuesto a considerar otras teorías. Creo que por causa de algún fenómeno psicológico o patológico, por unos segundos me fue permitido entrar en la mente de Peggy; quizá no al extremo de poder ver su mundo, el mundo tal como existe para ella. En el centro de aquel mundo se encuentra una imagen inflada de sí misma, hecha lo más cercana posible a las modelos de los anuncios. Alrededor de esta imagen se agrupan las cosas que a Peggy más le interesan. Más allá de ello, la tierra y el cielo son algo borroso e indistinguible. Los narcisos y las rosas nos revelan algo interesante. Las flores existen para ella solamente si son las que se pueden cortar en ramos y poner en floreros; las flores por sí mismas, aquellas que vemos en el campo, le resultan insignificantes.

Como dije, es probable que esta no sea la única hipótesis que encaje en la realidad. Sin embargo, ha sido una experiencia preocupante y no solo porque me siento apenado por el pobre Durward. Supongamos que este fenómeno se convierta en una experiencia común. ¿Qué pasaría? ¿Y qué sucedería si la próxima vez yo no fuera el explorador sino el explorado?

XI

ÁNGELES MINISTRADORES

EL MONJE, ASÍ lo llaman, se sentó en una silla del campamento al lado de su litera y se quedó mirando por la ventana hacia aquella áspera arena y aquel cielo azul oscuro de Marte. Aún le faltaban diez minutos para empezar su «trabajo». No me refiero, obviamente, al trabajo para el que fue enviado. Él era el meteorólogo del equipo y su labor en dicha disciplina estaba prácticamente cumplida; había logrado descubrir todo lo que podía ser descubierto. Dentro de aquel radio limitado que debía explorar, no había nada más que pudiese observar por lo menos en los próximos veinticinco días. Y la meteorología no había sido su verdadera motivación. Había elegido pasar tres años en Marte para ser lo más aproximado posible a un ermitaño del desierto. Había viajado a aquel lugar para meditar, para continuar la reconstrucción lenta y perpetua de aquella estructura interna que, según él, constituía el propósito principal para volver a edificar la vida. Y ahora su descanso de diez minutos había terminado. Empezó con una fórmula que siempre usaba. «Amable y paciente Maestro, enséñame a depender menos de los hombres y a amarte más a ti». Luego, manos a la obra. No había tiempo que perder. Le quedaban tan solo seis meses en esta tierra salvaje, sin vida, sin pecado e insoportable. Tres años era muy poco tiempo... pero cuando se escuchó el grito de llamada, saltó de su silla con la destreza y alerta de un marinero.

El botánico de la siguiente cabina respondió al llamado con una palabrota. Se encontraba observando algo en el microscopio cuando el grito de llamada lo sorprendió. Era una locura. Las interrupciones eran constantes. Intentar trabajar en medio del barrio de Piccadilly sería lo mismo que hacerlo en este infernal lugar. Su trabajo era ya una carrera contra el tiempo. Seis meses más... y casi ni ha empezado. La flora de Marte era una celebración digna de atesorarla para siempre: aquellos minúsculos, milagrosamente resistentes organismos, que vivían con artilugios de ingenio bajo condiciones prácticamente imposibles. Por lo general solía ignorar aquel grito de llamada. Pero luego sonó la campana. Todo el personal al salón principal.

El único que se encontraba haciendo nada, por decirlo así, cuando el grito de llamada se hizo escuchar era el capitán. Para ser más exacto, se hallaba (como de costumbre) intentando dejar de pensar en Clara y continuar escribiendo en su bitácora oficial. Clara lo interrumpía desde más de sesenta y cinco millones de kilómetros de distancia. Era absurdo.

Habría necesitado una mano, escribió.

Manos... sus propias manos... sus propias manos, manos que tenían ojos, le pareció, manos que la acariciasen por todo aquel cálido y fresco, suave y firme, terso, flexible rostro lleno de vida.

—Cállate, allí está ella —le dijo al retrato de Clara en su escritorio. Entonces, volvió a su tarea con la bitácora, hasta que se encontró con aquella expresión fatal «me ha estado causando algo de ansiedad». Ansiedad...

—Dios mío, ¿me pregunto qué le estará pasando a Clara en estos momentos?

¿Cómo puedes estar seguro de que Clara siga viva? Cualquier cosa podría pasar. Había sido muy descabellado de su parte haber aceptado este trabajo. ¿Qué otro recién casado lo habría aceptado? Pero le pareció sensato. Tres años separados, pero luego... se habían unido para toda la vida. Se le había prometido aquel puesto que unos meses antes era impensable para él. Jamás volvería a viajar al espacio. Pensó en todos los resultados, las conferencias, los libros, hasta incluso algún título nobiliario. Muchos hijos. Sabía que ella quería tener hijos, y de una manera extraña (de la que se estaba empezando a dar cuenta) él también. Pero, maldición, la bitácora. *Empezaré un nuevo párrafo...* entonces, se oyó el grito de llamada.

Provenía de uno de los dos técnicos del equipo. Habían estado juntos desde la cena. Al menos Paterson había estado parado junto a la puerta de la cabina de Dickson, apoyándose en un pie y luego en el otro, y abriendo y cerrando la puerta. Dickson se hallaba sentado en su litera esperando que Paterson se marchara.

—¿De qué hablas, Paterson? —le preguntó Dickson.

—Nadie ha dicho jamás que hubiera una pelea.

—Sí, claro, Bobby, pero solíamos ser mejores amigos y tú sabes muy bien que ya no lo somos; *he visto* lo que ha pasado. Te *pedí* que me llamaras Clifford y, en cambio, tú siempre has sido poco amigable —le respondió.

—¡Vete al infierno! —le respondió Dickson.

—Tengo toda la disposición a ser tu amigo, y de todos los demás aquí, pero toda esta rimbombancia, como un par de niñas, no pienso seguir tolerándola.

—Pero, entiéndeme —dijo Paterson.

Y fue en ese instante en que Dickson gritó y el capitán salió corriendo a hacer sonar la campana; en veinte segundos todos se habían reunido detrás de la ventana más grande del lugar. Una nave espacial acababa de amartizar perfectamente a unos ciento cincuenta metros del campamento.

—¡Caramba! —exclamó Dickson—. Nuestro relevo se ha asomado antes de tiempo.

—¡Maldición! ¡Esto es el colmo! —dijo el botánico.

Cinco astronautas descendieron de la nave. Incluso con aquellos trajes espaciales, era obvio que uno de ellos era bastante gordo, y ninguno de ellos era excepcional.

—¡Encárguense de la cámara de descompresión! —ordenó el capitán.

Empezaron a celebrar con las escasas bebidas que había sacado de la bodega. El capitán logró reconocer de entre los recién llegados a su viejo amigo, Ferguson. Dos de ellos eran jóvenes comunes y corrientes. ¿Pero, y qué de los dos restantes?

—No entiendo —comentó el capitán— ¿quién es exactamente... mejor dicho, claro que nos alegra tenerlos a todos aquí, pero ¿qué es exactamente...?

—¿Dónde están todos los demás integrantes del equipo? —preguntó Ferguson.

—Me temo que debo decirte que hemos tenido dos bajas —dijo el capitán—, Sackville y el doctor Burton. Fue una situación lamentable. Sackville intentó comer una cosa que llamamos berro marciano. En cuestión de minutos hizo que perdiera la razón. De un golpe derribó a Burton con tan mala suerte que este cayó en aquella mesa y se partió el cuello. Logramos atar a Sackville en una de las literas, pero antes de que llegara la noche, ya estaba muerto.

—¿No se le ocurrió probarlo primero en un conejillo de Indias? —preguntó Ferguson.

—Efectivamente —dijo el botánico—. Allí empezó todo el problema. Lo curioso es que el conejillo de Indias sobrevivió, pero su conducta fue sorprendente. Sackville llegó a la errónea conclusión de que el berro era una sustancia alcohólica. Pensó que había inventado un nuevo licor. Lo malo fue que, luego de la muerte de Burton, nadie pudo realizar un examen *post mortem* competente de Sackville. Según nuestro análisis, el berro demuestra tener...

—¡Ajá! —interrumpió uno de los que todavía no había dicho nada—. Debemos evitar la simplificación excesiva. Dudo que esa sustancia vegetal nos ofrezca toda la información. Hay presiones y tensiones. Sin saberlo, todos ustedes sufren de ello, y se encuentran en una condición altamente inestable por causas que no son ningún misterio para cualquier psicólogo competente.

Algunos de los presentes tenían dudas respecto al sexo de esta persona. Su cabello era muy corto, su nariz muy larga, sus labios demasiado perfectos, su mentón puntiagudo y se presentaba con un aire de gran autoridad. Desde un punto de vista científico, su voz sonaba como de mujer. Por otro lado, nadie dudaba lo más mínimo del sexo del siguiente tripulante, el gordo.

—Ay, mi hija —resollaba—. No me digas más. Estoy nerviosa y con ganas de desmayarme. Gritaré si continúas. ¿Te puedes imaginar que no tengamos ni un poco de jerez con limón a mano? Pero con un poco de ginebra me tranquilizo. Es que tengo dolores de estómago.

Este personaje era infinitamente mujer y quizá setentona. Su cabello era de un color más o menos mostaza, producto de un intento fallido por teñírselo. Los polvos de cara (cuyo olor era tan fuerte que podría haber hecho descarrilar un tren) habían sido aplicados como ventisqueros de nieve en los profundos valles de su rostro y en su gran papada.

—¡Ya para! —rugió Ferguson con su fuertísimo acento escocés—. Que nadie se atreva a darle ni una gota más de licor.

—No se preocupen —dijo la vieja mujer, con el mismo acento escocés, con lloriqueos y mirando lascivamente a Dickson.

—Discúlpenme —dijo el capitán—. ¿Quiénes son estas... ¡ejem!... damás y a qué se refieren?

—He estado esperando mi turno para poder expli-
carles el asunto —dijo la Mujer Flaca— y procedió a
aclararse la garganta. Cualquiera que haya estado al día
con las tendencias de la opinión mundial en torno a la
problemática que surge del aspecto del bienestar psicológico respecto a las comunicaciones interplanetarias estará consciente del acuerdo cada vez mayor en el sentido
de que tan sorprendente avance exige de nuestra parte
ajustes ideológicos trascendentales. Los psicólogos están plenamente al tanto de que la inhibición forzada de
nuestros potentes instintos biológicos por un largo pe-
riodo de tiempo prácticamente producirá unos resultados imprevisibles. Los pioneros de los viajes espaciales
serán expuestos a estos peligros. Sería inculto permitirle
a una supuesta moral que impida la protección de estos
pioneros. Por tanto, debemos tener el valor de aceptar la
postura de que la inmoralidad, como se le suele llamar;
hay que dejar de considerarla como algo sin ética.

—No lo entiendo —dijo el Monje.

—Lo que ella quiere decir —respondió el capitán, que
era un competente lingüista— es que lo que conocemos
como fornicación debe dejar de considerarse como algo
inmoral.

—Así es, querido —dijo la Mujer Gorda a Dickson—,
lo que quiso decir ella es que cualquier pobre muchacho
necesita una mujer de vez en cuando. Es muy natural.

—Entonces, lo que se necesita —prosiguió la Mujer Flaca— es un grupo de devotas mujeres que den el primer paso. Sin duda que las expondrá a la deshonra de parte de muchos ignorantes. Pero recibirán respaldo porque sabrán que están cumpliendo con una indispensable función en la historia del progreso humano.

—Lo que ella quiere decir es que necesitas una mujer promiscua, cariño —dijo la Mujer Gorda a Dickson.

—Ahora entiendo —le respondió Dickson con entusiasmo—. Es un poco tarde, pero más vale tarde que nunca. Pero no has podido traer tantas chicas en esa nave. ¿Y por qué no las has traído al campamento? ¿O es que quizá están por llegar?

—Ciertamente no podemos afirmar —continuó hablando la Mujer Flaca, que aparentemente no se había percatado de la interrupción— que la respuesta a nuestro pedido tuviera el éxito esperado. El personal de la primera unidad de la Alta Organización Humanitaria de Mujeres Afrodisio-Terapeutas no es quizá... en fin. Curiosamente, muchas excelentes mujeres, mis colegas universitarias, incluso colegas mayores que yo, a quienes les extendí la solicitud, manifestaron ser tradicionales. Sin embargo, hemos tenido por lo menos un buen comienzo. Y aquí —concluyó animadamente— estamos nosotras.

Le siguieron segundos de un silencio sepulcral. Luego, el rostro de Dickson, que había empezado a tener algunas contorsiones, se tornó rojo; sacó su pañuelo y empezó a respirar agitadamente como si tratara de contener un estornudo, luego se puso de pie abruptamente, le dio la espalda al grupo y se cubrió el rostro. Se quedó allí algo encorvado y se podía ver que sus hombros temblaban.

Paterson saltó de su silla y corrió hacia él; pero la Mujer Gorda, aunque con infinitos gruñidos y agitaciones, se había puesto de pie también.

—¡Fuera de aquí, marica! —le increpó a Paterson— ¡Inútil!

Unos segundo más tarde, sus grandes brazos abrazaban a Dickson; todo aquel cálido y gelatinoso afecto maternal envolvía a Dickson.

—Cálmate, mi hijo —le dijo—, todo estará bien. No llores, cariño. No llores. Pobre niño. Pobre niño. Te haré pasar un buen rato.

—Creo que Dickson no llora, se está riendo —dijo el capitán.

Fue a estas alturas cuando el Monje sugirió que fueran a merendar.

Unas horas más tarde, el grupo se había separado temporalmente.

Dickson aún no había terminado de comer su último bocado (pese a todos sus intentos por evitar que la Mujer Gorda se sentara a su lado; en más de una ocasión ella había confundido su bebida con la de él) cuando les dijo a los nuevos técnicos:

—Si es posible, me encantaría conocer su nave.

Se habría esperado que estos dos hombres, luego de haber estado encerrados en aquella nave por tanto tiempo y tras haberse quitado sus trajes espaciales solo unos minutos antes, se hubiesen negado a dejar la reunión y volver a su nave. Ciertamente esa era la opinión de la Mujer Gorda.

—No, no, no estés inquieto, cariño —le dijo ella—. Ya han visto lo suficiente de aquella maldita nave, lo mismo que yo. No es bueno que vayas de prisa con el estómago lleno.

Pero los dos jóvenes fueron estupendamente serviciales.

—Justo lo que estaba por sugerirte —dijo el primero.

—Totalmente de acuerdo contigo, amigo —dijo el segundo.

En un santiamén estaban los tres fuera de la cámara de descompresión.

Cruzaron la arena, subieron la escalinata, se quitaron los cascos y entonces:

—¿Por qué rayos nos han traído a esas dos prostitutas? —exclamó Dickson.

—¿No te caen bien? —replicó el desconocido de Londres—. La gente de la base pensó que a estas alturas estarían muy contentos. Yo diría que ustedes son unos ingratos.

—Seguro que para ustedes debe ser gracioso —dijo Dickson—. Pero para nosotros no es algo de que podamos reírnos.

—Tampoco lo ha sido para nosotros —comentó el desconocido de Oxford—. ¿Te imaginas uno junto a la otra por ochenta y cinco días? Luego del primer mes, todo se vuelve muy aburrido.

—Ni me lo menciones —respondió el desconocido de Londres.

Hicieron una pausa para librarse del fastidio.

—¿Alguien me podría explicar —preguntó Dickson finalmente— por qué, de entre todas las mujeres del mundo eligieron a estos dos personajes de terror para que vengan a Marte?

—¿Esperabas que enviaran a una estrella de Hollywood a los quintos infiernos? —dijo el desconocido de Londres.

—Mis queridos colegas —dijo el otro desconocido—, ¿acaso no es obvio? ¿Qué clase de mujer, sin que sea forzada, está dispuesta a darse este viajecito y vivir en este espantoso lugar, comer alimentos racionados y hacer de amante de media docena de hombres que nunca antes vio? Las chicas divertidas no vendrán porque saben muy bien que en Marte no hay diversión. Una prostituta profesional, de las comunes, tampoco vendrá porque sabe muy bien que aún tiene oportunidad, por más mínima que sea, de que algún cliente le solicite sus servicios, ya sea en Liverpool o en Los Ángeles. Y aquí tienes a una que cuenta con cero oportunidades. La otra que podría venir a Marte es aquella a la que le falta un tornillo y que cree en todas esas pamplinas de la nueva moral. Y aquí tienes a una de ese tipo también.

—¿Me equivoco? —dijo el desconocido de Londres.

—Es cierto —replicó el otro—, excepto que los Jefes Tontos debieron haber previsto todo esto desde el inicio.

—La única esperanza que tenemos ahora es el capitán —dijo Dickson.

—Mira, compañero —replicó el desconocido de Londres—, si crees que puedes devolver la mercancía entregada, te equivocas. No moveremos ni un dedo. Nuestro capitán tendría en sus manos un amotinamiento si tratara de hacerlo. Además, no lo hará porque ya tuvo su oportunidad, y nosotros también. Ahora es tu responsabilidad.

—Entonces —dijo Dickson— tendremos que dejar que los dos capitanes lo decidan. Pero, aun con toda la disciplina del mundo, hay cosas que un hombre jamás podrá tolerar, como esa maldita institutriz.

—¿Sabes que es profesora de una famosa universidad? —replicó el desconocido de Londres.

—En fin —dijo Dickson, luego de una larga pausa—, me ibas a mostrar la nave. Quizá me pueda distraer un poco.

La Mujer Gorda conversaba con el Monje.

—… ah sí, padre, quizá piense que aquello fue lo peor de todo. No renuncié a ello cuando pude hacerlo. Luego de que la mujer de mi hermano muriera… él me tuvo a su lado y el dinero no escaseaba. Pero continué haciéndolo, por Dios, continué haciéndolo.

—¿Por qué lo hiciste, hija mía? —dijo el Monje—. ¿Acaso *disfrutabas* de ello?

—No, padre, para nada. Nunca fui exigente. Pero, usted sabe, padre, en aquellos días yo era mercancía de la buena, aunque ahora no piense lo mismo de mí... y pobres hombres, lo disfrutaban tanto.

—Hija mía —le dijo—, no estás lejos del reino. Pero estabas equivocada. El deseo de dar es una bendición. Pero es imposible que conviertas billetes falsos en billetes verdaderos tan solo regalándolos a quien sea.

El capitán también se marchó raudo de la mesa y le pidió a Ferguson que lo acompañara a su cabina. El botánico se escabulló luego de ellos.

—Un momento, Señor, un momento —dijo, emocionado—. Soy científico. Trabajo ya a una gran presión. Espero que no haya habido ninguna queja respecto a mi baja de todas esas demás obligaciones que interrumpen mi labor. Pero, si se espera de mí que dedique tiempo a entretener a esas abominables mujeres...

—Cuando te dé órdenes que podrían considerarse «más allá de tus capacidades» —dijo el capitán— será, entonces, tiempo de protestar.

Paterson se quedó con la Mujer Flaca. La única parte de las mujeres que le interesaba eran sus orejas. Le encantaba contarle a otras mujeres acerca de sus problemas, especialmente de las injusticias y abusos de parte de otros hombres. Desafortunadamente, la idea de aquella mujer era que la entrevista debía conducir a ya sea una afrodisioterapia o a recomendaciones psicológicas. De hecho, ella no veía ninguna razón por la que las dos opciones no pudieran llevarse a cabo simultáneamente; consideraba que las mentes sin preparación eran las únicas que no podían sostener más de una idea. La diferencia entre estas dos nociones de la conversación estaba encaminada a ser un fracaso. Paterson empezaba a malhumorarse; la mujer permanecía brillante y paciente como un témpano de hielo.

—Pero, como seguía diciendo —refunfuñó Paterson—, considero un acto desalmado cuando un compañero te trata bien un día y al siguiente...

—Lo cual resulta que ilustra mi argumento. Que estas tensiones e inadaptaciones, bajo condiciones naturales, tienen que surgir inevitablemente. Y, dando por sentado que desinfectemos los remedios obvios de todas aquellas relaciones sentimentales o relaciones lascivas, que son igual de malas, provenientes de la Era Victoriana que las introdujo... — interrumpió la mujer.

—Pero todavía no he terminado —dijo Paterson—. Escúchame. Tan solo hace dos días...

—Un momento. Esto se debe tratar como si fuera una inyección común. Si tan solo podemos convencerlos...

—¿Cómo es posible que alguien disfrute de...?

—Estoy de acuerdo. Relacionarlo con el acto de disfrutar (que es una fijación puramente adolescente) quizá haya causado un daño incalculable, viéndolo racionalmente...

—Creo que te has salido del tema.

—Un momento...

El diálogo continuó.

Habían terminado de ver la nave espacial. Era una belleza de nave. Después, nadie se acordaría de quién fue el primero que dijo que aquella nave la podría tripular cualquiera.

Ferguson, en silencio, tomó asiento con su cigarrillo en mano, mientras que el capitán le leía la carta que había traído. Ni siquiera miraba hacia la dirección del capitán. Cuando por fin empezaron a conversar, hubo tal alegría generalizada en la cabina que les tomó bastante tiempo tratar con la parte difícil del asunto. Al principio parecía que el capitán estaba bastante entretenido con el lado chistoso del asunto.

—Pero tiene un ángulo serio —dijo finalmente el capitán—. En primer lugar, ¡qué impertinentes! Creen que...

—Debes recordar —interrumpió Ferguson— que están tratando con una situación totalmente nueva.

—¡Ah caramba, *nueva*! ¿Y en qué se diferencia de la de los hombres en balleneros o veleros como en los viejos tiempos? ¿O en la Frontera del Noroeste? Es tan nueva como la gente que pasa hambre cuando no hay nada que comer.

—Pero hombre, se te olvida los nuevos hallazgos de la psicología moderna.

—Creo que esas dos horrendas mujeres ya han aprendido algo de la nueva psicología desde que llegaron. ¿Realmente creen que cualquier hombre del mundo es tan fácilmente excitable y que saltará a los brazos de cualquier mujer?

—Así lo creen. Han estado diciendo que tú y tu equipo son bastante anormales. No me sorprendería que la próxima vez les despachen sobrecitos de hormonas.

—Si llegase a ese extremo, ¿acaso suponen que los hombres se ofrecerían voluntarios para un trabajo como este a menos que pudieran, o creyeran poder, o quisieran intentar ver si podían, hacerlo sin mujeres?

—Entonces, ahí tienes a la nueva moral.

—Ya para, viejo pillo. Además, ¿hay algo nuevo en eso? ¿Quiénes han tratado de vivir con pureza excepto alguna minoría religiosa o dos personas enamoradas? Lo seguirán intentando en Marte, tal como lo han hecho en la Tierra. Y respecto a la mayoría, ¿acaso titubearon para obtener placer donde pudieran lograrlo? Las señoritas que se dedican a ello lo saben muy bien. ¿Acaso has visto alguna vez un puerto o un cuartel sin la suficiente cantidad de prostíbulos? ¿Quiénes son los idiotas del Consejo Consultivo que empezaron todas estas sandeces?

—¡Qué barbaridad! Un grupo de viejas mujeres frívolas (con pantalones la mayoría de ellas) que disfrutan de cualquier cosa que sea sexi, científica y que las haga sentir importantes. Y esto les da tres placeres, ya ves.

—En fin, hay una sola decisión que tomar, Ferguson. No estaré con la Amante Recocida ni con la Catedrática Universitaria. Puedes…

—Un momento, no hay necesidad de expresarse de esa manera. Yo he hecho mi trabajo. Me niego a hacer otro viaje con una carga de ganado de esta clase. Y mis dos jóvenes están de acuerdo conmigo. Habrá amotinamiento y muertos.

—Pero debes hacerlo, yo soy...

En aquel momento surgió un destello enceguecedor desde afuera y la tierra tembló.

—¡Mi nave, mi nave! —gritó Ferguson—. Ambos se asomaron y no vieron más que arena. La nave espacial había despegado con éxito.

—¿Qué ha sucedido? —preguntó el capitán—. ¡No me digan que...!

—¡Amotinamiento, deserción y robo de una nave del gobierno, eso es lo que ha pasado! —dijo Ferguson—. Mis dos muchachos y tu Dickson se han marchado de regreso a la Tierra.

—¡Dios mío! El problema en que se han metido. Han arruinado sus carreras. Serán...

—Efectivamente, no hay duda de ello. Y les va a salir caro. Ya verán, quizá en quince días.

Un rayo de esperanza le vino al capitán.

—¿No se habrán llevado a las mujeres?

—Hombre, entra en razón. O por lo menos usa tus oídos.

En el bullicio de una agitada conversación que se hacía cada vez más audible desde la sala principal, se distinguían las insoportables voces femeninas.

Mientras se preparaba para la meditación de la noche, el Monje pensó que quizá se había concentrado demasiado en «necesitar menos cosas» y por ello había decidido ofrecer un curso (avanzado) en «la necesidad de amar más». Luego su rostro tuvo una súbita contracción mostrando una sonrisa, pero sin alegría. Estaba pensando en la Mujer Gorda. Había cuatro cosas que componían un bellísimo acorde. En primer lugar, el horror de todo lo que ella había hecho y sufrido. En segundo lugar, el lamento de que ella aún fuera capaz de generar un deseo lascivo. En tercer lugar, el carácter cómico de ese segundo punto. En cuarto lugar, la bendita ignorancia de esa capacidad de amar totalmente distinta y que ya existía dentro de ella y que, por la gracia, y con la pobre dirección que incluso él podía aportar, pudiera algún día ubicarla bajo la luz, en la tierra de la luz, al lado de la Magdalena.

Pero, un momento. Hay una quinta nota en el acorde.

—Oh, Maestro —susurró—, perdona también mi ridiculez, ¿o es que la disfrutas? He estado dando por sentado que tú me enviaste en un viaje de sesenta y cuatro millones de kilómetros tan solo para mi comodidad espiritual.

XII

FORMAS DE COSAS DESCONOCIDAS

*...lo que era mito en un mundo podía ser realidad
en otro.*

PERELANDRA

—SEÑORES, ANTES DE que termine la clase —dijo el instructor— les debo mencionar el hecho que algunos de ustedes ya conocen, pero quizá no todos. No es necesario que les recuerde que el Alto Mando ha solicitado otro voluntario para un intento más de viaje a la Luna. Será el cuarto intento. Ya saben la historia de los tres anteriores. En cada uno de ellos, los exploradores alunizaron de manera exitosa o, en todo caso, lo hicieron con vida. Logramos recibir sus mensajes. Cada uno de estos mensajes fue breve, incluso parece que algunos de ellos sufrieron cierta interrupción. Luego, señores, no volvimos a recibir ni una sola palabra. Creo que el hombre que se ofrezca para este cuarto viaje será igual de valiente que cualquiera de ustedes. Les puedo decir que me siento muy orgulloso de anunciarles que se trata de uno de mis estudiantes. Y se encuentra entre nosotros en este momento. Le deseamos la mejor de las suertes. Señores, pido tres ovaciones por el teniente John Jenkin.

Entonces, durante los dos minutos siguientes, la clase lanzó vítores muy emotivos por el teniente. Luego, el grupo salió apresuradamente al pasillo comentando de la noticia. Los dos mayores cobardes intercambiaban varias razones familiares por las que se les hizo imposible ofrecerse de voluntarios. El más astuto de ellos dijo:

—Aquí hay gato encerrado.

El más canalla de ellos añadió:

—Siempre ha sido un tipo que quiere acaparar la atención.

Pero el resto del grupo tan solo exclamaba:

—¡Qué estupendo! Te felicitamos, Jenkin, y te deseamos mucha suerte.

Luego, Ward y Jenkin se marcharon juntos a un bar.

—Lo tuviste bastante escondido —dijo Ward—. ¿Qué vas a tomar?

—Una cerveza de barril —dijo Jenkin.

—¿Quieres conversar del asunto? —preguntó Ward con torpeza justo en el momento en que traían las cervezas—. Disculpa por la intromisión, ¿pero no es por causa de aquella chica?

Aquella chica era una jovencita que se pensaba que había tratado muy mal a Jenkin.

—Ah, —dijo Jenkin— supongo que de haberme casado con ella no me habría ofrecido para el viaje. Tampoco es que me trate de suicidar de una manera espectacular o cualquier otra tontería. No estoy deprimido y no siento nada en particular por ella. Te soy franco, no me interesan las mujeres; no por ahora. Me aterroriza el asunto.

—Entonces, ¿qué es?

—Auténtica e inaguantable curiosidad. He estudiado aquellos tres cortos mensajes al punto de habérmelos aprendido de memoria. He escuchado todas las teorías posibles respecto a lo que produjo la interrupción. Incluso he...

—¿Sabes con toda certeza que fueron interrumpidos? Pensé que uno de los mensajes había llegado completo.

—¿Te refieres a los de Traill y Henderson? Creo que estaban tan incompletos como los demás. El primero de ellos fue de Stafford. Viajó solo, como yo lo haré.

—¿Estás seguro de ello? Si quieres, viajaré contigo.

Jenkin asintió con la cabeza.

—Sé que lo harías —dijo—. Pero en un momento sabrás por qué no quiero que me acompañes en el viaje. Pero volvamos al tema de los mensajes. Es evidente que el mensaje de Stafford fue interrumpido por algo. Recuerdo que fue así: «Habla Stafford a ochenta kilómetros del Punto XO308 en la Luna. He alunizado perfectamente. *Tengo*...». Y después un silencio. Luego tenemos el caso de Traill y Henderson: «Hemos alunizado. Estamos bien. La cumbre M392 está directamente delante de nosotros. Cambio».

—¿Cómo interpretas ese «cambio»?

—Hay algo más. ¿Crees que significa que el mensaje ha *terminado*? Pero ¿a quién se le ocurriría, hablando desde la Luna a la Tierra por primera vez en la historia, decir tan poco, cuando habría *podido* decir mucho más? Es como si hubiera cruzado el canal de la Mancha a Calais y hubiese enviado a su abuela una postal que diga: «llegué bien». Es absurdo.

—Y *tú*, ¿qué piensas al respecto?

—Espera un momento. El grupo final lo formaban Trevor, Woodford y Fox. Fue Fox quien envió el mensaje. ¿Lo recuerdas?

—Probablemente no con tanta precisión como tú.

—Pues fue así: «Habla Fox. Todo ha salido muy bien. Ha sido un perfecto alunizaje. Han apuntado bien porque en estos momentos me encuentro en el Punto XO308. Veo directamente delante mío la cumbre M392. A mi izquierda, muy a lo lejos, más allá del cráter puedo ver las grandes cordilleras. A mi derecha veo el desfiladero de Yerkes. Detrás mío veo...». ¿Te das cuenta?

—No sé a qué te refieres.

—Pues a que Fox sufrió una interrupción justo en el momento en que dijo «detrás mío veo». ¿Y si Traill fue interrumpido justo cuando decía «por encima de mi hombro veo» o «detrás mío» o algo por el estilo?

—¿Acaso insinúas que...?

—Todas las pruebas apoyan la postura de que todo iba bien hasta que el astronauta miró detrás de él. Entonces algo lo atrapó.

—¿A qué te refieres con «algo»?

—Eso es lo que quisiera descubrir. Se me ocurre lo siguiente: ¿y si hay algo en la Luna o algún fenómeno psicológico producido por la experiencia del alunizaje que causa que los hombres pierdan la razón?

—Ah, ya te entiendo. ¿Quieres decir que Fox empezó a ver a su alrededor justo antes de que Trevor y Woodford se alistaran a darle un certero golpe en la cabeza?

—¡Exacto! Y en el caso de Traill, este vio a Henderson un instante antes de que lo matara. Y por esa razón, no pienso tener a un acompañante en el viaje, y mucho menos a mi mejor amigo.

—Pero, lo que me dices no explica lo que le sucedió a Stafford.

—Es cierto. Por eso no hay que descartar las otras hipótesis.

—¿Cuáles?

—Pues que lo que haya sido que los mató fuera algo que encontraron allá, algo lunar.

—¿Estás sugiriendo que hay vida en la Luna a estas alturas?

—Evadimos el asunto cada vez que usamos el término *vida* porque es obvio que nos sugiere algún tipo de organismo tal como lo conocemos en la Tierra, con toda su química. Claro que es imposible que haya alguna cosa de esa clase. Pero quizá haya alguna materia con capacidad de movimiento, yo no podría decir que sea inverosímil, algo que tenga una voluntad para moverse.

—Caramba, Jenkin, me parecen disparates. ¡Piedras con vida! Es pura ciencia ficción o mitología.

—Pues el simple hecho de viajar a la Luna solía ser ciencia ficción. Y en cuanto a mitología, ¿acaso no se ha hallado el Laberinto de Creta?

—Y todo se reduce básicamente —dijo Ward— a que nadie jamás ha regresado de la Luna y nadie, hasta donde sabemos, ha sobrevivido más que unos minutos. Es un lugar maldito —Ward se quedó mirando con pesimismo a su vaso de cerveza.

—Pues, alguien tendrá que ir —dijo Jenkin con entusiasmo—. Toda la raza humana no será golpeada por un pedazo de satélite.

—Debí haber sospechado que esa era tu verdadera motivación —dijo Ward.

—Pide otra cerveza y cambia tu cara triste —dijo Jenkin—. En fin, tenemos bastante tiempo. Supongo que no me enviarán hasta dentro de unos seis meses por lo menos.

Sin embargo, quedaba muy poco tiempo. Como cualquier hombre en este mundo moderno sobre quien ha caído la tragedia o que ha decidido empezar un gran proyecto, vivió los siguientes meses como un animal de caza. La prensa, con todas sus cámaras y equipos de grabación, lo perseguía. A esta no le importaba un comino si Jenkin se alimentaba o dormía o si lo habían tornado en un manojo de nervios antes de su viaje. Él les decía que eran «moscardas de la carne». En las situaciones en que no tenía otra escapatoria que dirigirles la palabra, les decía:

—Me encantaría llevarlos a todos ustedes conmigo.

Pero también se imaginaba que aquellos reporteros que daban vueltas alrededor de su nave como si fueran un anillo mortal (y de fuego) de Saturno podrían sacarlo de quicio. Estos reporteros difícilmente harían más cómodo el silencio de aquellos espacios eternos.

El despegue fue todo un alivio. Pero el trayecto fue peor de lo que se había imaginado. No me refiero al aspecto físico, ya de por sí extremadamente incómodo, sino a la experiencia emocional. Toda su vida había soñado, en una mezcla de terror y nostalgia, con aquellos espacios eternos, con encontrarse en el espacio, en el cielo. Se cuestionaba si la agorafobia de aquel espacio abierto, sin fin y vacío haría que perdiera la razón. Pero en el momento mismo en que fue colocado dentro de la nave, le vino un pensamiento sofocante de que el verdadero peligro de viajar en el espacio es la claustrofobia. Te insertan en un pequeño contenedor de metal, como un armario o, mejor dicho, como un ataúd. No puedes ver lo que sucede fuera, solamente lo que ves en la pantalla. El espacio y las estrellas se ven igual de lejos que en la Tierra. Donde estás es ahora tu mundo. El cielo nunca está donde tú estás. Lo único que has hecho es intercambiar el gran mundo de tierra, rocas, agua y nubes por un minúsculo mundo de metal.

La frustración de aquel deseo de toda una vida empezó a calar hondo en su mente mientras las horas de estrechez pasaban. Aparentemente, no es tan fácil huir de tu propio destino. Además, empezó a tomar consciencia de otro motivo, que le había pasado desapercibido, y que había estado haciendo efecto desde el día en que se ofreció de voluntario. Aquel amorío con la chica lo había dejado perplejo, diríamos que petrificado. Deseaba sentir otra vez, ser de carne y no de piedra. Sentir lo que fuera, incluso terror. Pues bien, en este viaje habría suficientes terrores antes de que todo llegase a su fin. Despertaría su interés, pero no tendría temor. Sintió que, por lo menos, podría deshacerse de aquella parte de su destino.

El alunizaje no fue absolutamente perfecto, porque tuvo que prestar atención a muchos artilugios, a muchas destrezas técnicas, pero al final no llegó a ser gran cosa. Sin embargo, su corazón latía un poco más rápido de lo acostumbrado mientras terminaba de colocarse el traje espacial y se alistaba a salir de la nave. Llevaba consigo un aparato de comunicación, cuyo peso le parecía tan ligero como una barra de pan. Había decidido no apresurarse en transmitir cualquier mensaje. Quizá ese hubiera sido el error de los demás. De todos modos, cuanto más se demorase en transmitir mensajes, más haría que aquellos reporteros estuvieran despiertos toda la noche esperando escribir noticias. ¡Que sufran!

Lo primero que le llamó la atención fue que el visor de su casco tenía un polarizado demasiado ligero. No le era posible ver hacia donde estaba el Sol. Incluso aquella roca brillaba en extremo, porque al fin y al cabo eran rocas y no polvo como se había supuesto. Entonces se quitó el aparato de comunicación para poder contemplar el paisaje lunar.

Lo que le sorprendió fue cuán pequeño se veía todo. Creyó encontrar alguna explicación lógica de ello. Quizá la falta de atmósfera impedía todos los efectos que la distancia ejerce en la Tierra.

Por lo menos sabía que los bordes dentellados del cráter estaban a unos cuarenta kilómetros de distancia. Pero le daba la impresión de que podía tocarlos. Los picos de aquellas cordilleras parecían ser de unos cuantos metros de alto. El oscuro cielo, con su innumerable y feroz multitud de estrellas, parecía un manto que caía pesadamente sobre el cráter. Las estrellas parecían estar casi al alcance de su mano. La impresión de un escenario en una tienda de juguetes, es decir, de algo que había sido preparado de antemano y por tanto de algo que le esperaba, le produjo un sentimiento de desilusión y opresión al mismo tiempo. Fueran cuales fueran los terrores de este lugar, la agorafobia no sería uno de ellos.

Tomó mediciones de su ubicación y el resultado fue bastante fácil de obtener. Se encontraba, así como Fox y sus compañeros, casi exactamente en el Punto XO308. Pero no había rastro alguno de restos humanos.

Si llegase a encontrar algún rastro, podría determinar la manera en que murieron. Empezó a buscarlos. Se empezó a alejar de la nave rodeándola en círculos cada vez más distantes. No había peligro de perderse en este lugar desolado.

Entonces tuvo su primera conmoción real de miedo. Lo peor de todo es que no estaba seguro de qué era lo que le causaba el miedo. Lo único que supo es que lo rodeaba una nauseabunda irrealidad; sentía que no estaba en aquel lugar ni hacía lo que había estado haciendo. Y de alguna manera extraña logró también conectarse con una experiencia que vivió en el pasado. Fue algo que pasó hace muchos años en una cueva. Efectivamente, ahora lo recordaba. Había estado caminando a solas cuando se percató del sonido de otras pisadas que lo seguían. Luego, en un instante, se dio cuenta del problema. Lo de este momento era exactamente la experiencia de la cueva, pero al revés. Aquella tenía sonidos de muchas pisadas. En esta, en cambio, había muy pocas pisadas. Caminaba sobre rocas como si fuera un fantasma. Se maldijo por su necedad como si cualquier niño no supiera que un mundo sin atmósfera es un mundo sin sonidos. Pero aquel silencio, aunque sabía su razón, seguía siendo aterrador.

A estas alturas, ya había permanecido en la Luna unos treinta minutos. Fue entonces cuando se percató de aquellas tres cosas extrañas.

Los rayos del Sol caían aproximadamente a noventa grados de su ángulo de visión, de tal forma que aquellas cosas se veían con un lado brillante y otro oscuro; de cada lado oscuro se proyectaba sobre la roca una oscura sombra, como si hubiese sido trazada con tinta china. Se veían como lámparas esféricas de color ámbar. Pero luego se las imaginó como simios gigantescos. Eran más o menos del tamaño de un hombre. Ciertamente tenían una burda forma humana, excepto que no tenían cabeza, lo cual le produjo deseos de vomitar.

En vez de cabezas tenían algo distinto. Eran más o menos humanos hasta los hombros. Luego, donde debía ir la cabeza, había algo monstruoso, un bloque esférico, opaco y amorfo. Y cada uno de ellos permanecía inmóvil como si acabase de detenerse o se preparase para moverse.

Recordó de inmediato y con espanto las palabras de Ward acerca de aquellas «piedras con vida». ¿Acaso no había mencionado él mismo algo que pudiera tener vida, no en el sentido normal, algo que pudiera moverse y tener voluntad? ¿Algo que, en todo caso, compartía con la vida la tendencia de esta a matar? De existir aquellas criaturas, que serían los equivalentes minerales de un organismo, es probable que pudieran quedarse perfectamente quietas por cien años sin sentir cansancio.

¿Estarán conscientes de mi presencia en medio de ellas? ¿Qué sentidos poseen? Los bloques esféricos sobre sus hombros no le daban ninguna pista.

Hay momentos en medio de una pesadilla o incluso en la vida real en que el temor y la valentía dictan el rumbo: apresurarse, sin plan alguno, contra el objeto que uno teme. Jenkin se acercó a una de las tres abominaciones, la que estaba más cerca de él, y golpeteó con los nudillos de sus guantes el bloque esférico.

¡Caray! Se le había olvidado que en la Luna no hay sonidos. Todas las bombas del mundo habrían podido explotar en este momento y no habría habido ningún sonido. Los oídos son inservibles en la Luna.

Dio un paso atrás y en un instante rodó por el suelo. De inmediato pensó:

—Así debe de haber sido como los demás murieron.

Pero estaba equivocado. Aquel objeto no se había movido ni un milímetro. Jenkin estaba ileso. Se puso de pie y se dio cuenta de en qué se había tropezado.

Se trataba sencillamente de un objeto terrenal. Era tan solo un equipo de comunicación. No como el de él, sino un modelo más antiguo y supuestamente inferior, exactamente como el que Fox habría portado.

Ahora que empezaba a comprender la verdad, empezó a sentir una emoción muy distinta a aquel terror que lo tenía apresado. Observó los cuerpos amorfos de aquellos objetos; luego los comparó con el suyo. Claro que así debe ser el aspecto de uno cuando viste un traje espacial. Sobre su propia cabeza había una monstruosa esfera muy similar a la de aquellos objetos, pero afortunadamente no era opaca. Estaba viendo tres estatuas de astronautas: las de Trevor, Woodford y Fox.

Pero, entonces, debe de haber habitantes en la Luna; seres racionales; y más que eso, escultores.

¡Y qué clase de escultores! Quizá uno no estuviera de acuerdo con el estilo, porque ningún detalle de aquellas tres figuras poseía belleza alguna. Pero no se podían criticar sus destrezas artísticas. Excepto por las cabezas y los rostros dentro de cada esfera, imposibles de modelar adecuadamente en aquel medio, las estatuas eran perfectas. Aquella precisión fotográfica aún no se ha visto en la Tierra. Y aunque no tenían rostros, uno podía ver por la postura de sus hombros y, de hecho, de todo el cuerpo, que se había captado una pose instantánea. Cada uno de los objetos era la estatua de un hombre en el preciso momento en que volteaba para mirar atrás. Seguramente se invirtieron muchos meses de trabajo para tallar aquellas estatuas. Su talla captaba los gestos instantáneos como si fuera una fotografía en movimiento plasmada en piedra.

Jenkin se propuso en ese momento enviar un mensaje lo más pronto posible. Antes de que le pasara algo, la Tierra debía saber acerca de estas sorprendentes noticias. Empezó a alejarse del lugar con grandes brincos, disfrutando de la gravedad lunar, y se dirigió hacia su nave y su aparato de comunicación. Se sentía muy feliz. *Había* logrado escapar a su destino.

—¿Petrificado yo? ¿El final de los sentimientos?

Tenía sentimientos para toda la vida.

Se preparó con su aparato de comunicación de tal manera que le daba la espalda al Sol. Empezó a encenderlo y a hacer los ajustes necesarios:

—Habla Jenkin desde la Luna —empezó a transmitir.

Delante de él se podía ver una larga sombra negra que su propia silueta proyectaba. No hay sonidos en la Luna. Detrás de los hombros de su propia sombra apareció otra sombra desde la destellante roca. Era la sombra de una cabeza humana. ¡Y qué cabellera! Era voluminosa, rizada, movida quizá por el viento. Los cabellos se veían muy gruesos. Entonces, mientras que aterrorizado volteaba la mirada, en aquel breve instante pensó:

—Pero si aquí no hay viento. No hay aire. Es imposible que esos cabellos *ondeen*.

Sus ojos se encontraron con los de ella.

DESPUÉS DE DIEZ AÑOS

I

YA HAN PASADO varios minutos desde que el Rubio estuviese seriamente pensando en mover su pierna derecha. Si bien la incomodidad de su postura actual era casi insoportable, el movimiento que pretendía hacer era bastante complicado. Sobre todo en esta oscuridad, donde todos están firmemente apiñados. El hombre que está a su lado (no recuerda su nombre) quizá esté durmiendo o quizá esté en una postura tolerablemente cómoda para que no gruña o incluso lo maldiga si trata de presionarlo o empujarlo. Una pelea sería fatal. Algunos de la tropa tenían mal genio y eran gritones. Había también otros asuntos que evitar. El lugar apestaba a no más poder. Habían estado encerrados durante horas aguantándose de todas sus necesidades (incluyendo sus temores). Algunos de ellos (muchachos ingenuos y asustados) habían vomitado. Aquello sucedió cuando todo el objeto se movió, así que tenían una buena excusa. Los habían trasladado en este encierro de un lado a otro, a la izquierda, a la derecha, arriba y abajo (dando tumbos sin fin de aquí para allá). Fue peor que pasar por una tormenta en altamar.

Aquello había sucedido varias horas antes. Ahora se preguntaba cuántas horas más debían aguantar. Debía de ser ya de noche. La luz que se colaba por aquella portezuela inclinada a un extremo del maldito aparato ya había desaparecido. Estaban en una oscuridad total. El zumbido de los insectos había cesado. El aire viciado empezaba a enfriarse. Debían de haber pasado ya varias horas desde que el sol se ocultó.

Con mucho cuidado trató de estirar una de sus piernas. De inmediato se topó con un duro músculo, un músculo desafiante de la pierna de otro que estaba despierto y que no pensaba moverse. Así que por allí no había espacio. El Rubio encogió su pie y colocó su rodilla debajo de su barbilla. No era una postura como para aguantar por mucho rato, pero por el momento era un alivio. Ah, si todos pudiesen salir de inmediato de esa cosa.

Y cuando salieran, ¿cuál será el siguiente paso? Pues, suficiente tiempo como para estirar las extremidades entumecidas. Pensó que no les tomaría más de dos horas cumplir su misión, siempre y cuando todo saliera bien. ¿Y después? Después, iría a buscar a aquella Mujer Malvada. Estaba plenamente seguro de que la encontraría. Sabía que a ella la habían visto con vida un mes antes. La encontraría y apresaría. Le haría cosas… quizá la torturaría. Todo esto de torturarla se lo dijo para sí, pero solo en palabras. Se lo dijo en palabras porque no le venía a la mente ninguna imagen. Quizá se aprovecharía de ella primero, de una manera brutal, insolente, como conquistador y enemigo. Le mostraría que ella era tan solo una joven prisionera como cualquier otra. Y que no era más que cualquier otra joven. La excusa de que ella era de alguna manera distinta, aquella adulación interminable, fue probablemente el error que ella cometió al venir a este lugar. La gente es necia.

Quizá, cuando se hubiera aprovechado de ella, se la daría a los demás prisioneros para que se divirtieran. Sería una buena idea. Pero se desquitaría con los esclavos que la tocasen. La imagen de lo que les haría a los esclavos se formó sin problemas en su mente.

Tenía que estirar la pierna otra vez, pero descubrió que el lugar donde la había estirado anteriormente estaba ahora ocupado. El otro hombre ocupaba aquel lugar y el Rubio estaba desesperado por moverla. Giró un poco para poder descansar en el lado izquierdo de su cadera. Toda esta situación era también algo que debía agradecer a aquella Mujer Malvada, porque ella era la culpable de que todos se estuvieran asfixiando en esta guarida.

Pero no la torturaría. Pensó que eso no tendría sentido alguno. La tortura está bien para cuando se quiere extraer información; pero no es útil cuando uno quiere vengarse de alguien. Todos los que sufren la tortura hacen las mismas muecas y emiten los mismos quejidos. Uno termina perdiendo a la persona que odia y nunca logras que se sienta miserable. Además, ella era muy joven, tan solo una niña. Tendría lástima de ella al ver sus ojos llenos de lágrimas. Quizá lo mejor sería sencillamente matarla. Nada de intentos de violación ni castigos, tan solo una solemne, señorial, triste y casi pesarosa ejecución, como si fuera un sacrificio.

Pero para ello primero tendrían que salir de aquella guarida. La señal desde afuera debía haber venido hacía horas. Quizá el resto, todos sus compañeros que estaban con él en aquel lugar oscuro, pensaría que algo había fallado, pero nadie quería mencionarlo. No se hacía difícil imaginarse situaciones en las que algo hubiese fallado. Empezaba a sospechar que desde el principio el plan era una locura. ¿Acaso tenían algo que los protegiera contra algún intento de ser quemados vivos en aquel lugar? ¿Acaso sus compañeros de afuera tenían la obligación de encontrarlos? ¿O incluso encontrarlos solo a ellos y sin ninguna defensa? ¿Qué pasaría si no les llegase ninguna señal y jamás llegasen a salir de aquel lugar? Definitivamente se hallaban en una trampa mortal.

Con el propósito de detener aquellos pensamientos en su cabeza por pura fuerza de voluntad, se apretó los puños con tantas fuerzas que las uñas casi se clavaron en sus palmas. Porque todos sabían y todos habían dicho antes de entrar en aquel lugar que durante la larga espera esos pensamientos atacarían su mente y que había que evitarlos a toda costa. Debían pensar en cualquier otro pensamiento, pero no en aquellos.

Empezó otra vez a pensar en aquella Mujer. Dejó que surgieran imágenes de la oscuridad, toda clase de imágenes: vestida, desnuda, dormida, despierta, bebiendo, bailando, lactando a un niño, riéndose. Una pequeña chispa de deseo empezó a brillar: el viejo y siempre fresco sentimiento de sorpresa. Avivó la chispa deliberadamente. No hay nada como la lujuria para mantener el temor a raya y hacer que el tiempo pase.

Pero nada hacía que el tiempo pasara.

Unas horas más tarde, un calambre hizo que se despertara y emitiera un fuerte gemido. Al instante, una mano le tapó la boca.

—¡Silencio! ¡Presten atención! —dijeron varias voces.

Por fin se escuchaban ruidos venidos de afuera, alguien daba golpecitos debajo del piso.

—Oh Zeus, Zeus, que sean ellos y que no sea un sueño.

Los golpecitos se volvieron a escuchar, esta vez cinco, luego cinco más y luego dos, tal como se había acordado. Aquella oscuridad estaba repleta de codos y nudillos. Todos parecían moverse.

—¡Regresa a tu lugar! —dijo alguien—. ¡Danos más espacio!

Con un gran chirrido, se abrió la pequeña escotilla. Un cuadrado de menor oscuridad, comparado con la luz, apareció a los pies del Rubio. La alegría de tan solo poder ver algo, cualquier cosa, y la fuerte corriente de aquel aire frío y puro le quitaron por un momento todo lo que tenía en la cabeza. Alguien a su lado empezó a extender una soga por la abertura.

—¡Adelante! ¡Qué esperas! —le dijo una voz en el oído.

Trató de hacerlo, pero tuvo que desistir.

—Tengo calambres, debo esperar —respondió.

—Entonces, ¡apártate! —le dijo la voz.

Un hombre corpulento avanzó y empezó a descender de la soga con solo sus manos hasta que se perdió de vista. Uno tras otro lo siguieron. El Rubio fue casi el último.

Y así, respirando profundamente y estirando sus brazos y piernas, se pusieron de pie al lado del gran caballo de madera, acompañados de las estrellas y con un poco de escalofríos por aquel frío viento de la noche que soplaba en las angostas calles de Troya.

II

—¡Tranquilos! —dijo el Rubio Menelao— ¡Todavía no entren! ¡Respiren hondo! —luego, con voz baja, dijo—: Eteoneo, haz guardia en la puerta y no dejes entrar a nadie. No queremos que empiecen con el saqueo.

Habían pasado menos de dos horas desde que salieron del caballo y todo marchaba de maravilla. No habían tenido ningún problema en ubicar la puerta de Escea. Una vez dentro de los muros de la ciudad, todo enemigo desarmado es una ayuda o un hombre muerto, y la mayoría elige ser lo primero. Era de esperarse que hubiera una guardia en la puerta, pero ya se habían encargado de

ella rápidamente y sin hacer ningún ruido. En veinte minutos ya tenían la puerta abierta y el grueso del ejército
entraba raudamente a la ciudad. No había habido ningún
enfrentamiento serio hasta que lograron alcanzar la ciudadela, donde se encontraba la guarnición militar. Hubo
un breve enfrentamiento sangriento, pero el Rubio y sus
espartanos sufrieron muy poco, ya que Agamenón insis-
tió en dirigir la tropa. A fin de cuentas, el Rubio pensó
que esta batalla debió haber sido suya, porque en cierto
sentido toda esta guerra era suya, incluso si Agamenón
era el rey de reyes y hermano mayor suyo. Una vez que
alcanzaron la parte externa de los muros de la ciudadela,
el principal destacamento se ubicó próximo a la puerta
interior, que era muy sólida, mientras que el Rubio y
sus hombres habían sido enviados a la parte trasera para
buscar una entrada secundaria. Lograron dominar la defensa que encontraron allí y se detuvieron por un momento para recuperar el aliento, lavarse la cara y limpiar
sus espadas y lanzas.

Aquel pequeño pórtico conducía a una plataforma
empedrada rodeada de un muro que solo llegaba a la altura del pecho. El Rubio se apoyó con los codos para
ver hacia abajo del muro. Ahora le era imposible ver las
estrellas. Troya estaba en llamas. Aquellos gloriosos fuegos, aquellas lenguas flamígeras como largas melenas y
barbas acompañadas de nubes de humo tupían el cielo.
Más allá de la ciudad se podía ver el campo, iluminado
por aquel incendio. Incluso se podía ver la conocida y
odiada playa junto con una línea interminable de barcos.

¡Gracias a los dioses, porque muy pronto todo esto se terminará!

Mientras habían estado luchando, el recuerdo de Helena jamás pasó por su mente, lo cual le hizo feliz. Sentía que era una vez más un rey y soldado, y todas las decisiones que había tomado demostraron ser las adecuadas. Ahora que el sudor se había secado, aunque sentía la sed como un horno y tenía un pequeño tajo sobre su rodilla, parte del sabor de la victoria empezaba a generar pensamientos en su mente. Sin duda, Agamenón sería llamado el Saqueador de la Ciudad. Pero el Rubio tenía la sensación de que, cuando la historia llegase al conocimiento de los juglares, él mismo sería el centro de atención. El tema de los cantares sería la manera en que Menelao, rey de Esparta, logró vencer a los bárbaros y recuperar a la más bella mujer del mundo. Aún no sabía si iría a tomarla de regreso y llevársela a su lecho, pero desde luego no la mataría. ¿Destruir aquel trofeo?

Unos escalofríos le hicieron recordar que los hombres estaban empezando a sentir frío y que algunos iban a perder la paciencia. Se abrió paso entre la multitud de soldados y subió aquellos angostos peldaños hasta donde se encontraba Eteoneo.

—Vendré aquí —le dijo—. Trae contigo la retaguardia y haz que se apresuren.

Luego, levantó la voz.

—Compañeros —les dijo—, estamos por entrar. Manténganse juntos y presten atención a su alrededor. Quizá nos queden más luchas decisivas. Y es probable que todavía estén parapetados en algún callejón más adelante.

Los dirigió unos cuantos pasos adelante en la oscuridad, más allá de unas gruesas columnas que llevaban a un pequeño patio abierto donde se veía el cielo de la noche, que por un momento estuvo iluminado por las llamas de una casa que había colapsado en la ciudadela. Luego volvió la oscuridad total. Era obvio que se trataba de cuartos para los esclavos. Desde una esquina, un perro encadenado y con sus patas traseras estiradas les ladraba con odio profundo. El lugar estaba repleto de desechos. De pronto...

—Ah, ¿qué es esto? —exclamó.

Hombres armados salían de una puerta ubicada al frente de ellos. Por el aspecto de sus armaduras, eran príncipes de sangre; uno de ellos era poco más que un niño, y todos tenían la mirada —el Rubio había visto antes aquella mirada en ciudades conquistadas— de los hombres que luchan no para matar, sino para morir. Son los más peligrosos. Lograron matar a tres de sus hombres, pero al final todos los troyanos sucumbieron. El Rubio se inclinó para rematar al niño que aún se retorcía como un insecto herido. Agamenón muchas veces le había dicho que aquello era una pérdida de tiempo, pero el Rubio detestaba verlos retorcerse.

El siguiente patio fue diferente. Sus paredes tenían bajorrelieves y el pavimento era de baldosas azules y blancas, había también una piscina en el medio. Figuras femeninas, difíciles de ver en aquella luz oscilante del fuego, huyeron a izquierda y derecha hacia las sombras, como ratas a la fuga cuando uno entra en una bodega subterránea. Las mujeres más viejas lloraban y se quejaban sin sentido mientras trataban de huir con dificultad. Las más jóvenes gritaban a todo pulmón. Los soldados las buscaban como si fueran perros a la caza de ratas. Por aquí y por allá, los gritos terminaban en risitas nerviosas.

—¡No lo permitiré! —gritó el Rubio—. Mañana podrán tener todas las mujeres que quieran, pero ahora no.

Uno de sus hombres había soltado su lanza con el propósito de tener las dos manos libres para explorar a una morena y pequeña jovencita de dieciséis años, que parecía ser de Egipto. Los gruesos labios del soldado se aprovechaban del rostro de la joven. El Rubio lo golpeó en las nalgas con la parte roma de su espada.

—¡Suéltala, maldita sea! —le dijo— ¡O te cortaré el cuello!

—¡Avancen, avancen! —gritó Eteoneo desde la parte de atrás—. ¡Sigan al rey!

Por un pasaje abovedado se empezó a ver una luz nueva y constante; era una lámpara. Llegaron a un sitio techado. Era un lugar extraordinariamente silencioso y ellos mismos se quedaron quietos luego de ingresar. El ruido del asedio y del ariete contra la puerta principal al otro lado del castillo les parecía que venía de muy lejos. Las flamas de la lámpara no se movían. La habitación estaba impregnada de un olor agradable, hasta se podía oler el gran precio de aquel aroma. El piso estaba cubierto de un material suave, de color carmesí. Había cojines de seda colocados sobre muebles de marfil; las paredes también estaban recubiertas de marfil y decoradas con incrustaciones de jade traídas del fin del mundo. El cuarto tenía vigas de cedro enchapado en oro. La tropa se sintió humillada por aquellos lujos. En Micenas no había nada que se le pareciera, mucho menos en Esparta y ni pensarlo en Cnosos. Los soldados se cuestionaron: «¿Y así han estado viviendo estos bárbaros todos estos diez años, mientras nosotros sufríamos de calor y frío en aquellas tiendas de campaña en la playa?».

Por fin se ha acabado todo esto, pensó para sus adentros el Rubio.

Entonces fijó la vista en un gran jarrón tan finamente labrado que pensó que había crecido como una flor; era de un material translúcido que jamás había visto. Por un segundo se quedó pasmado observando el objeto. Luego, en represalia, con el extremo opuesto de su lanza golpeó el objeto tan fuerte que lo hizo trizas en cientos de pedacitos que tintineaban y brillaban. Sus hombres se rieron del espectáculo. Luego, tomaron la iniciativa de seguir su ejemplo y empezaron a romper y destruir. Sin embargo, al Rubio le disgustó ver que sus hombres hicieran lo mismo.

—Investiguen qué hay detrás de aquellas puertas —les dijo.

Había muchas puertas. De algunas de ellas los soldados arrastraron o sacaron a empujones a algunas mujeres; no eran esclavas, sino esposas o hijas de reyes. Los soldados no intentaron hacer ninguna tontería con ellas;

sabían muy bien que aquellas mujeres estaban destinadas a sus superiores. Los rostros de ellas revelaban sentimientos de terror. Más adelante se veía una puerta cubierta por una cortina. El Rubio movió a un lado aquella pesada cortina de finos bordados e ingresó a la otra habitación. Se trataba de un cuarto interior más pequeño, pero con detalles más exquisitos.

Tenía un aspecto poliédrico. Cuatro delgados pilares sostenían un techo decorado y entre estos colgaba una lámpara que era una maravilla de orfebrería en oro. Debajo de la lámpara, sentada y apoyándose en uno de los pilares, se encontraba una mujer, que no era joven; en su mano tenía un huso y con este hilaba. Estaba ubicada como una gran señora que se encuentra en su casa a mil kilómetros de la guerra.

El Rubio ya había estado antes en emboscadas. Sabía muy bien el esfuerzo que un soldado tiene que hacer para quedarse quieto cuando algún peligro mortal lo acecha.

Esa mujer debe de tener la sangre de los dioses, pensó para sí.

Se propuso preguntarle dónde podía encontrar a Helena. Lo haría de una manera cortés.

Ella lo miró y dejó de hilar, pero no se movió.

—¿La joven? —dijo en voz baja—. ¿Aún vive? ¿Está bien?

Entonces, ayudado por aquella voz, la reconoció. Y al primer segundo de haberla reconocido, todas aquellas ideas que tuvo en su mente durante estos once años se hicieron trizas. Ni los celos ni aquella lujuria, ni aquellos

sentimientos de ira ni tampoco de afecto pudieron volver a manifestarse. No había nada que pudiera describir
lo que acababa de ver. Y por un momento sintió un vacío
dentro de él.

Porque jamás se la imaginó en esta condición. Jamás
soñó en verla así, con su flácida piel acumulada debajo
de su mentón, que su rostro fuera tan orondo y sin embargo tan demacrado, que sus sienes tuvieran canas y
hubiera arrugas en sus ojos. Incluso su altura era menor
de lo que él recordaba. El suave esplendor de su piel,
que alguna vez hizo que sus brazos y sus hombros res-
plandecieran, había desaparecido por completo. Lo que
se veía era una mujer envejecida, triste y paciente, que
preguntaba por el paradero de su hija, de la hija de ellos.

Aquel asombro causó que sin pensarlo bien dijera:

—Hace diez años que no veo a Hermíone —comentó
el Rubio.

Luego recuperó el control de sí mismo. ¡Qué descaro
de parte de ella preguntar de esta manera, como lo haría
una esposa decente! Sería desastroso para ellos caer en
una típica charla entre marido y mujer como si nada hubiese pasado. Sin embargo, lo que había sucedido entre
ellos era menos devastador que lo que ahora él encaraba.

Él experimentó como una parálisis de emociones en-
contradas. A ella le benefició. ¿Dónde estaba ahora su elo-
giosa belleza? ¿Venganza? Su espejo la castigaba peor de
lo que él hubiera podido. Pero había también sentimientos de lástima. La historia de que ella era hija de Zeus, la
fama que la había convertido en leyenda en ambos lados

del mar Egeo, todo ello se había reducido a esto, todo destruido como aquel jarrón que hizo trizas cinco minutos antes. Pero había también sentimientos de vergüenza. Él también había soñado con ser parte de aquellas historias del hombre que logró recobrar a la mujer más hermosa del mundo. ¿No fue así? En cambio, lo que logró recuperar fue a esta mujer. Por ella murieron Patroclo y Aquiles. Si se presentase delante del ejército con ella como trofeo, como el trofeo de ellos, ¿no sería el hazmerreír de todo el mundo? Sería la causa de risas interminables hasta el fin del mundo. Entonces, de pronto se le vino a la mente que los troyanos debieron de haber sabido esto desde hacía muchos años. Ellos también debían de haberse reído a carcajadas cada vez que un griego caía en batalla. Y no solo los troyanos, también lo sabían los dioses. Lo supieron desde el principio. Esto hizo que se divirtieran a costa de él para provocar a Agamenón, y a costa de este para agitar a toda Grecia y así causar una guerra entre estas dos naciones por diez inviernos, todo por una mujer que nadie estaría dispuesto a comprar en cualquier mercado, salvo como empleada doméstica o enfermera. El amargo viento de la burla divina soplaba en su cara. Todo por nada, todo ha sido una estupidez y él el principal estúpido.

Escuchó a sus hombres entrar estrepitosamente en el cuarto detrás de él. Había que tomar alguna decisión. Helena no dijo ni hizo nada. Si ella se hubiese postrado a los pies del Rubio, si le hubiese rogado que la perdonase, si se hubiese puesto de pie y lo hubiese maldecido, si ella se hubiese apuñalado... Pero tan solo esperó, con las

manos (aquellas manos que ahora eran nudosas) cruza-
das en su regazo. El cuarto se llenaba de soldados. Sería
terrible que reconocieran a Helena. Quizá sería peor si el
Rubio tuviera que decírselo. El más viejo de los soldados
se quedó mirándola fijamente y luego miró al Rubio.

—¿Y? —dijo el soldado, casi soltando una risita—.
Entonces, por todos los dioses…

Eteoneo le dio un codazo para que se callara.

—¿Cuáles son tus órdenes, Menelao? —preguntó mirando al piso.

—¿Con los prisioneros, los otros prisioneros? —dijo
el Rubio—. Debes asignar una guardia y que se los lleven al campamento. El resto que vaya al lugar donde está
Néstor. La reina, esta, a nuestro campamento.

—¿Atada? —susurró Eteoneo a su oído.

—No es necesario —dijo el Rubio. Fue una pregunta
desagradable y cualquier respuesta causaba indignación.

No era necesario conducirla. Ella se marchó con
Eteoneo. Hubo ruidos, quejidos y llantos porque se
tuvo que atar de manos a los demás y aquello le pareció
una eternidad al Rubio. Evitó mirar a Helena directamente a los ojos. ¿Qué le diría su mirada a ella? ¿Y cómo
sería posible que su mirada no dijera nada? Se distrajo
escogiendo a los hombres que serían la escolta de los
prisioneros.

Por fin, las mujeres y el problema ya no estaban, aunque fuera por un momento.

—¡Vamos, muchachos! —les dijo—. Tenemos mucho
por hacer. Debemos cruzar el castillo y encontrarnos

con los demás compañeros. ¡Que no se les ocurra que todo esto ya ha terminado!

Añoraba estar en combate otra vez. Lucharía como nunca jamás hubiera luchado. Quizá moriría. Entonces el ejército se habría encargado de ella. Pero aquella imagen mental, tenue y agradable de un futuro que merodea la imaginación de la mayoría de los hombres se había esfumado.

III

A la mañana siguiente, lo primero que el Rubio notó fue el ardor del tajo que había sufrido en su rodilla. Luego de estirarse, sintió en todos sus músculos los dolores posteriores a la batalla; tenía la boca seca y sintió mucha sed; se sentó y observó que tenía el codo amoratado. La entrada a la tienda de campaña estaba abierta y por la luz que entraba pudo determinar que habían pasado varias horas desde el amanecer. Se le vinieron dos pensamientos a la mente: la guerra ha terminado y Helena está aquí. No sintió ninguna emoción respecto a ninguna de estas cosas.

Se levantó quejándose un poco, se frotó los ojos y salió del campamento. Tierra adentro pudo ver el humo que todavía se cernía en el aire sobre las ruinas de Troya y, más abajo, un sinnúmero de pájaros. Había un silencio total. La tropa se debía de haber quedado dormida hasta tarde.

Eteoneo se le acercó, cojeando un poco y con la mano derecha vendada.

—¿Te queda algo de agua? —dijo Menelao—. Tengo la garganta más seca que la arena.

—Tienes que ponerle un poco de vino, Rubio Menelao. Tenemos vino como para nadar en él, pero casi se nos ha acabado el agua.

—Ponle vino, pero poquísimo —respondió Menelao haciendo una mueca.

Eteoneo se marchó cojeando y luego regresó con una copa. Ambos entraron en la tienda de campaña del rey y cuando Eteoneo cerraba la puerta...

—¿Por qué has cerrado la puerta? —le increpó el Rubio.

—Tenemos que hablar, Menelao.

—¿Hablar? Pienso volver a dormir.

—Pues hay un asunto que debes saber —dijo Eteoneo—. Cuando Agatocles trajo a las mujeres prisioneras que habían sido asignadas para nosotros la noche anterior, encerró a las demás en el gran cortijo donde guardamos a los caballos. Y a los caballos los puso afuera en un corral cercado, donde están seguros. Pero a la reina la puso sola en la tienda de campaña próxima a la nuestra.

—¿La *reina*? ¿Dices que es reina? ¿Cómo sabes que va a seguir siendo reina? No he dado ninguna orden al respecto. Aún no he tomado ninguna decisión.

—Así es, pero la tropa ya ha tomado una decisión.

—¿Qué quieres decir?

—Así la llaman. Y también dicen que es la hija de Zeus. Y cuando pasan por su tienda de campaña, le ofrecen el saludo militar.

—Pues que me parta...

—Escucha, Menelao. No vale la pena que le des rienda suelta a tu ira. *No* puedes tratarla como a cualquiera, sino como a tu reina. La tropa no tolerará otra cosa.

—Pero ¡por las puertas del Hades, pensé que toda la tropa deseaba verla muerta! Al fin y al cabo, todo lo que han sufrido es por culpa de ella.

—Efectivamente, si hablamos de todo el ejército en general. Pero no con nuestros espartanos. Ella es aún su reina.

—¿Esa mujer? ¿Esa decrépita, gorda y vieja mujer? ¿Esa prostituta que estuvo con Paris y solo los dioses saben con quién más? ¿Han perdido la cabeza? ¿Qué es Helena para ellos? ¿Acaso se han olvidado de que yo soy su marido y su rey, y el rey de ellos también? ¡Maldita sea!

—Si quieres que responda a tus comentarios, diré algo que no te va a gustar para nada.

—Di lo que tengas que decirme.

—Dices que eres su marido y rey de ellos. Ellos dicen que eres rey solamente porque eres marido de ella. No perteneces a la estirpe real de la casa de Esparta. Tú te convertiste en rey de ellos cuando te casaste con la reina.

Tu condición de rey depende de la condición de reina que ella posee.

El Rubio agarró la vaina de una espada y empezó a golpear salvajemente unas tres o cuatro veces contra una avispa que había descendido sobre unas gotas derramadas de vino.

—¡Maldito insecto! —gritó—. ¡Ni a ti te puedo matar! Quizá también eres sagrado. Quizá Eteoneo me cortará el cogote si te logro aplastar, maldita avispa...

¡Paf! ¡paf! No logró matar a la avispa. Cuando el Rubio se volvió a sentar, estaba sudando profusamente.

—Estaba seguro de que no te agradaría escuchar lo que te tenía que decir —le dijo Eteoneo—, pero...

—Fue culpa de la avispa, que me hizo perder la paciencia —comentó el Rubio—. ¿Crees que soy tan estúpido que no estoy consciente de cómo obtuve mi trono? ¿Crees que *eso* me altera la bilis? Creía que me conocías mejor. Es obvio que la tropa está en lo correcto, esto es, según la ley. Pero nadie les presta atención a esos asuntos una vez que el matrimonio se ha consumado.

Eteoneo se quedó callado.

—¿Me quieres decir que la tropa ha estado pensando de esta manera desde hace mucho tiempo? —preguntó el Rubio.

—El asunto nunca salió a la luz. ¿Cómo habría podido hacerlo? Sin embargo, jamás se olvidaron de ella y de que era la hija del dios más poderoso de todos.

—¿Tú lo crees?

—Hasta que sepa exactamente lo que los dioses desean, mantendré la boca cerrada.

—Además —añadió el Rubio, intentando una vez más matar a la avispa— resulta que, si ella es realmente hija de Zeus, entonces no puede ser hija de Tindáreo. Y yo estaría más cercano a la sangre real que ella.

—Supongo que la tropa cree que Zeus es mejor rey que tú o Tindáreo —dijo Eteoneo.

—Y supongo que tú también —respondió el Rubio, con sonrisa burlona.

—Así es —dijo Eteoneo y luego añadió—: Tuve que decírtelo, hijo de Atreo. Es un asunto que involucra mi propia vida tanto como la tuya. Si permites que nuestros soldados luchen a muerte contra ti, ten por cierto que te defenderé y no te degollarán hasta que me hayan degollado a mí primero.

De pronto, se empezó a oír una voz intensa y contenta, como la de un gran amigo, que cantaba a las afueras de la tienda de campaña. La puerta se abrió. Era Agamenón. Vestía su mejor armadura, con las piezas de bronce recién pulidas, la capa de color escarlata y su barba suave y abrillantada con aceite. En comparación, los otros dos parecían mendigos. Eteoneo se puso de pie e inmediatamente hizo la venia al Rey de los Hombres. El Rubio asintió con la cabeza a su hermano.

—¿Y bien, Rubio? ¿Cómo estás? —dijo Agamenón—. Envía a tu escudero a que nos traiga vino.

Ingresó a la tienda de campaña y despeinó los rizos del cabello de su hermano, como si fueran los de un niño.

—¡A qué vienen tales ánimos! No pareces un conquistador de ciudades. ¿Estás desanimado? ¿Acaso no hemos ganado la guerra? ¿Ya recibiste tu premio?

Soltó unas carcajadas tan fuertes que su gran pecho vibraba.

—¿De qué te ríes? —preguntó el Rubio.

—Ah, el vino —dijo Agamenón tomando la copa que Eteoneo había traído. Bebió bastante, puso la copa en la mesa, se secó el gran bigote que llevaba y dijo—: No me sorprende que estés deprimido, hermano. He visto nuestro premio. Fui a verla a su tienda de campaña. ¡Por los dioses! Inclinó su cabeza hacia atrás y se rio sin más no poder.

—No sé por qué tú y yo tenemos que hablar de mi esposa —dijo el Rubio.

—De hecho, tenemos que hacerlo —dijo Agamenón—. Porque habría sido mejor que hubiésemos hablado de este asunto antes de casarte con ella. Te habría ofrecido algunos consejos. No sabes tratar a las mujeres. Cuando un hombre sabe cómo tratarlas, jamás hay problemas. Mírame a mí. ¿Has oído que Clitemnestra me haya dado algún problema? Ella es sensata.

—Me has dicho que tenemos que hablar ahora, ¿por qué no hemos hablado en todos estos años? —dijo el Rubio.

—Ahora te contaré. Pero la pregunta es qué hacer con esta mujer. Y, dicho sea de paso, ¿qué *quieres* hacer?

—Ya he tomado una decisión, supongo que me compete solo a mí —dijo el Rubio.

—No del todo. Resulta que el ejército ya ha tomado una decisión.

—¿Qué tenemos que ver con ellos?

—¿Sigues pensando como un niño? ¿Acaso no se les ha dicho todos estos años que ella es la causante de todo este conflicto, de la muerte de sus amigos y de sus propias heridas de guerra y de solo los dioses saben qué problemas que les esperan cuando lleguen a casa? ¿Acaso no insistimos en decirles que luchaban para rescatar a Helena? ¿Y ahora no crees que ellos exigirán que ella pague por su rescate?

—Sería mucho más fiel a la verdad decirles que luchaban por mí. Luchaban para que recuperase a mi mujer. Los dioses saben que digo la verdad. No empeores la situación. Si el ejército me mata, no se lo echaría en cara. No quise que las cosas sucedieran como se dieron. Habría preferido correr el riesgo y morir con un grupo de mis soldados. Incluso cuando llegamos a este lugar, quise resolver el conflicto con una sola batalla. Sabes muy bien que así fue. Pero si tenemos que llegar a...

—Ya estamos, ya estamos... Rubio. No empieces a echarte la culpa otra vez. Ya lo hemos escuchado. Y si te sirve de consolación, no creo que te afecte lo que te voy a decir, ahora que la guerra ha terminado: ni siquiera fuiste tan importante como crees para el inicio de la guerra. ¿No has comprendido que Troya tenía que ser destruida? No podíamos cruzarnos de brazos y dejar que Troya dominase la entrada al Euxino, cobrando peajes a barcos griegos, hundiéndolos y controlando el precio del trigo. La guerra era inevitable.

—¡No me digas que Helena y yo fuimos tan solo un pretexto para la guerra! De haberlo sabido…

—Hermano, siempre ves las cosas con la ingenuidad de un niño. Claro que quise vengar tu honor y el honor de Grecia. Mis juramentos me obligaban a hacerlo. Además yo sabía, como todos los reyes griegos sensatos, que debíamos exterminar a Troya. Pero fue como algo caído del cielo, una dádiva de los dioses, que Paris huyera con tu mujer justo al momento más propicio.

—Entonces, te habría agradecido que le dijeras al ejército la verdad desde el principio.

—Mi hermanito, les dijimos aquella parte de la verdad que a ellos les convenía escuchar. Vengarse de una violación y recuperar a la mujer más hermosa del mundo, esa es la clase de verdad que las tropas entienden y por la que están dispuestas a luchar. ¿Para qué les habría servido hablarles del comercio internacional de trigo? ¡Jamás llegarás a ser general!

—Eteoneo, tráeme también un poco de vino —dijo el Rubio.

Lo bebió con desesperación y no dijo nada.

—Como te seguía diciendo —dijo Agamenón—, ahora que tenemos a Helena, el ejército querrá ejecutarla. Quizá quieran degollarla sobre la tumba de Aquiles.

—Agamenón —dijo Eteoneo—, no sé realmente lo que Menelao quiera hacer, pero el resto de nosotros, los espartanos, lucharemos si vemos cualquier intento de matar a la reina.

—¿Y tú crees que me sentaré a ver el espectáculo? —dijo Menelao, mirándolo con ira—. Si llegamos al extremo de tener que luchar, yo aún seré su comandante.

—¡Qué bonito! —dijo Agamenón—. Ambos son tan veloces para tomar decisiones... Te repito, Rubio, que casi con toda certeza el ejército exigirá que Helena pase por el cuchillo del sacerdote. Yo casi esperaba que dijeras «¡por fin!» y que nos entregaras a Helena. Pero ahora me doy cuenta de que te tengo que decir algo más. Cuando la vean, tal como está ahora, dudo que crean que se trata de Helena. Y debido a ello, corremos peligro. Ellos creerán que tú tienes aún a la bella Helena, la de sus sueños, y que la has escondido. Entonces se reunirán y tú terminarás siendo el culpable y te matarán.

—¿Acaso creen que una joven tendría el mismo aspecto después de diez años? —dijo el Rubio.

—Pues, para serte franco, a mí también me causó sorpresa cuando la vi —dijo Agamenón—. Y sospecho que a ti te sucedió lo mismo (repitió su detestable carcajada). Claro que podríamos usar a otras prisioneras para que suplanten a Helena. Tenemos otras jóvenes muy bellas. Incluso si no los convenciéramos del todo, quizá se calmarían, si damos por sentado que crean que la verdadera Helena es inalcanzable. Así que el meollo del asunto es este: si quieres poner a salvo a tus espartanos, a tu esposa y a ti, solo te queda una alternativa. Todos ustedes deben embarcarse sigilosamente esta noche y dejarme a mí que me las arregle a solas. A mí me irá mucho mejor sin la presencia de ustedes.

—A ti te habría ido mejor sin mí toda tu vida.

—Para nada, para nada. Yo volveré a casa como el Saqueador de Troya. Piensa en Orestes, que creció con la fama de aquella estirpe. Piensa en los maridos que podré conseguir para mis hijas. Y la pobre Clitemnestra también estará de acuerdo. Seré un hombre feliz.

IV

Lo único que quiero es justicia. Y que me dejen en paz. Desde el principio, desde el día en que me casé con Helena hasta este preciso momento, ¿quién se atrevería a decir que he cometido algún agravio contra él? Tenía el derecho a casarme con ella. Tindáreo me la entregó. Incluso se le preguntó a ella, y no planteó ninguna objeción. ¿Qué defecto pudo haber encontrado ella en mí luego de que me convirtiera en su marido? Jamás la he golpeado. Jamás la he violado. En muy pocas ocasiones he metido a la cama a alguna de las sirvientas, y ninguna esposa con criterio se quejaría jamás de ello. ¿Acaso he tomado a uno de sus hijos y lo he sacrificado al dios de las tormentas? Sin embargo, Agamenón hace todas esas cosas y sigue teniendo una esposa obediente y fiel.

¿Acaso alguna vez he entrado a hurtadillas en la casa de otro hombre para secuestrar a su mujer? Paris me hizo eso. Intenté vengarme de la manera correcta, con un combate entre los dos delante de ambos ejércitos. Pero hubo cierta intervención divina, una especie de desmayo, no sé lo que me sucedió, y mi adversario pudo escapar. Yo estaba ganando la lucha. De haber tenido dos minutos más, mi adversario indudablemente habría muerto. ¿Por qué los dioses jamás intervienen del lado del hombre que ha sufrido una injusticia?

Jamás he luchado contra dioses, tal como lo hiciera Diomedes, o como él dice que lo hizo. Jamás he traicionado nuestra causa ni he contribuido a la derrota de los griegos, como hizo Aquiles. Y ahora resulta que él es un dios y su tumba es un altar. Jamás me zafé de la situación como Odiseo, y jamás cometí sacrilegio, como él. Y ahora resulta que él es el verdadero capitán de todos ellos —a pesar de todos sus trucos y artimañas, Agamenón no pudo controlar al ejército sin su ayuda—, comparado con él, no soy nada.

Nada ni nadie. Creí ser el rey de Esparta. Al parecer, soy el único que lo creyó. Soy simplemente el mayordomo de esa mujer. Mi deber consiste en luchar las guerras de ella, cobrar los tributos destinados a ella y llevar a cabo toda su labor, pero ella sigue siendo la reina. Ella tiene la prerrogativa de convertirse en prostituta, en camarera, en troyana. Nada importa. En el instante mismo en que ella entra en nuestro campamento, se convierte en reina, como antes. Todos los arqueros y mozos de cuadra me pueden increpar y decirme que cuide mis modales y que atienda a su majestad con el debido respeto. Incluso Eteoneo, mi compañero de armas, se burla de mí diciéndome que no soy un verdadero rey. Y un segundo después me dice que morirá conmigo si los espartanos deciden matarme. No estoy seguro. Quizá él también es un traidor. Quizá él sea el siguiente amante de esta depravada reina.

No ser rey es lo peor de todo. Ni siquiera soy un hombre libre. Cualquier jornalero, cualquier vendedor ambulante, cualquier pordiosero tiene la libertad de castigar a su mujer de la manera más adecuada si ella le ha sido infiel. En mi caso es «¡No la toques! Es la reina, la hija de Zeus».

Y ahora aparece Agamenón con su sonrisa burlona, como siempre lo ha hecho desde que éramos niños, mofándose de ella porque ha perdido su belleza. ¿Con qué derecho se expresa así sobre ella delante de mí? Me pregunto cómo se verá su propia mujer Clitemnestra el día de hoy. Diez años, diez años. Y en Troya debieron de haber tenido escasez de alimentos por un buen tiempo. Una situación poco saludable, encerrados detrás de aquellos muros. Afortunadamente, parece que no hubo ninguna plaga. ¿Y quién sabe cómo la trataron aquellos bárbaros cuando la guerra empezó para que ella se les opusiera? Por Hera, debo descubrir más al respecto. ¿Cuándo podré hablar con ella? ¿Puedo hablar con ella? ¿Qué le digo?

Eteoneo le rinde culto, Agamenón se burla de ella y el ejército quiere degollarla. ¿A quién pertenece esa mujer?

Al parecer es de todos menos mía. Yo no cuento. Yo soy parte de su propiedad y ella es propiedad de todos los demás.

He sido el títere de una guerra por naves cargadas de trigo.

Me pregunto qué es lo que ella estará pensando, ahora que está a solas en aquella tienda de campaña. Seguramente estará piensa que te piensa. A menos que le haya dado audiencia a Eteoneo.

¿Podremos escapar sanos y salvos esta noche? Hemos hecho todo lo que pudimos durante el día. Ahora no nos queda más que esperar.

Quizá sea mejor que el ejército se entere del plan y todos muramos luchando en la playa. De esta manera ella y Eteoneo se darán cuenta de que soy aún capaz de cumplir una sola cosa. La mataría antes de que ellos la maten. La castigaría y la salvaría con tan solo un golpe de mi espada.

¡Malditas moscas!

V

(Posteriormente. Han arribado a Egipto y los ha recibido un egipcio).

—Lamento que haya pedido usted eso, padre —dijo Menelao—, pero supongo que lo dijo sin intención de

226

que se lo conceda. Ciertamente usted tiene razón, la mujer no vale la pena.

—El agua fría que el hombre desea es mejor que el vino que se niega a tomar —dijo el viejo.

—Le daré algo mejor que esa agua fría. Le ruego que acepte esta copa.

El rey troyano bebió de la misma copa.

—¿Me negarás la mujer, huésped mío? —dijo el viejo, que seguía sonriendo.

—Le ruego que me perdone, padre —dijo Menelao—. Me causaría mucha vergüenza.

—Ella es la clase de mujer que te he pedido.

¡Malditos bárbaros y malditas sus costumbres!, pensó Menelao para sus adentros. ¿Qué clase de hospitalidad es esta? ¿Acaso la costumbre es pedir algo que no tenga valor alguno?

—No me la negarás, ¿cierto? —dijo el viejo, que no dirigía la mirada directamente a Helena, sino al costado de Menelao.

El viejo realmente la desea, pensó para sí Menelao, lo cual le empezó a causar ira.

—Si no me la quieres dar —dijo el egipcio con desprecio—, ¿no me la quieres vender?

Menelao empezó a sentir que su rostro se encendía como un fuego. Había hallado la razón de su ira, la cual iba en aumento. Aquel viejo estaba insultándolo.

—Pues, no te daré a la mujer —le respondió— y jamás te la venderé.

El rostro del viejo no mostraba ninguna emoción. ¿Acaso aquel rostro liso y bronceado era capaz de mostrar alguna? El viejo siguió sonriendo.

—¡Aaah! —dijo finalmente, alargando las sílabas—. Debiste habérmelo dicho. Quizá ella es tu vieja enfermera o quizá...

—¡Ella es mi esposa! —grito Menelao.

Las palabras salieron de su boca muy altas, muy infantiles y demasiado ridículas. No tuvo la más mínima intención de decirlas. Su vista se paseó por toda la habitación. Si alguien hubiera osado burlarse de él, lo habría matado. Pero los rostros de todos los egipcios eran serios, aunque cualquiera se habría dado cuenta de que se estaban mofando de él. Sus propios hombres fijaban la mirada en el piso. Sentían vergüenza de él.

—¡Forastero! —dijo el viejo—. ¿Estás seguro de que esa mujer es tu esposa?

Menelao miró fijamente a Helena, empezando a dudar de si estos hechiceros egipcios quizá le habrían hecho algún truco. La mirada fue tan rápida que no solo la miró a ella, sino que por primera vez pudo verla directamente a los ojos. Y, en efecto, ya no era la misma. Se sorprendió con aquella mirada que, sorprendentemente, ahora mostraba alegría. En nombre de la casa de Hades, ¿por qué razón? Luego, desapareció en un instante y volvió a tener aquella mirada de desolación. Pero ahora el anfitrión estaba volviendo a hablar.

—Sé muy bien quién es tu esposa, Menelao, hijo de Atreo. Te casaste con Helena Tindáreo. Y esta mujer que ves, Helena no es.

—Esto es una locura —dijo Menelao—. ¿Crees que no lo sé?

—Eso es ciertamente lo que creo —replicó el viejo, con voz baja—. Tu esposa jamás viajó a Troya. Los dioses te han engañado. Aquella mujer que estuvo en Troya y que estuvo en la cama con Paris no es Helena.

—Entonces, ¿quién es esta mujer? —preguntó Menelao.

—Ah, ¿quién pudiera ofrecer la respuesta? Se trata de una cosa que pronto desaparecerá. Estas cosas a veces viajan por la tierra por un tiempo. Nadie sabe lo que son.

—¡Te burlas de mí! —dijo Menelao.

En realidad, Menelao no pensaba que se estuvieran burlando de él. Pero tampoco creía lo que se le había dicho. Pensó que había perdido su sano juicio, quizá estaba borracho o quizá el vino contenía alguna droga.

—No me sorprende escuchar lo que has dicho —respondió el viejo—. Pero no lo volverás a decir cuando te muestre a la verdadera Helena.

Menelao tomó asiento y se quedó callado. Sospechaba que algo muy extraño le había sucedido. No era posible argumentar contra estos demonios extranjeros. Nunca fue lo suficientemente inteligente. Si Odiseo hubiera estado aquí, habría sabido qué decir. Mientras tanto, la banda de músicos seguía tocando sus instrumentos. Los esclavos seguían realizando sus tareas sin hacer ruido. Estaban trasladando todas las luces a un solo lugar, al otro extremo del recinto, cerca de una puerta, y por ello el resto del gran recinto se oscurecía cada vez más. Todas las lámparas juntas producían un brillo muy fuerte. La música continuaba.

—Hija de Leda, preséntate —dijo el viejo.

Y en ese preciso momento apareció, desde la oscuridad de aquella puerta.

[El manuscrito queda inconcluso en este punto]

ANOTACIONES ACERCA DE
DESPUÉS DE DIEZ AÑOS

I

ROGER LANCELYN GREEN

EMPECÉ ESTA HISTORIA en torno a Helena y Menelao tras la caída de Troya y logré terminar el primer capítulo, si mal no recuerdo, en 1959, antes de que Lewis visitara Grecia. Todo comenzó, tal como Lewis dijera de las historias de Narnia, a partir de «imágenes mentales», en torno al Rubio *dentro* del caballo de madera y cuando tomó consciencia de lo que él y sus compañeros habrían sufrido durante casi veinticuatro horas de claustrofobia, apiñamiento y peligros. Recuerdo a Lewis leyéndome el primer capítulo y el sentimiento de emoción por saber dónde nos encontrábamos y quién era el Rubio.

Pero Lewis todavía no había escrito la trama para el resto de la historia. Conversamos acerca de todas las leyendas en torno a Helena y Menelao que ninguno de los dos conocíamos. Y eso que en aquel tiempo yo creía estar «al día» en asuntos de la Guerra de Troya, dado que me encontraba escribiendo mi propia historia, *The Luck of Troy*, que termina donde Lewis empieza. Recuerdo haberle dicho que Menelao fue rey de Esparta solo gracias a su matrimonio con Helena, que era la sucesora de Tindáreo (luego de la muerte de Cástor y Polideuco), dato que Lewis desconocía pero que decidió aprovechar para los siguientes capítulos.

Me leyó el resto del fragmento en agosto de 1960, luego de nuestra visita a Grecia, y después de la muerte de Joy (su esposa). Creo que el relato egipcio fue escrito más adelante. Pero, luego de aquel año, Lewis descubrió que le era imposible imaginarse más historias ni continuar con la que estaba escribiendo. Fue debido a la sequía de su capacidad imaginativa (quizá ya no podía generar imágenes mentales) por lo que se propuso colaborar conmigo en una nueva versión de mi historia, *The Wood That Time Forgot*, que había escrito en 1950 y que Lewis siempre dijo que se trataba de mi mejor obra, si bien ningún editor quiso publicarla. Pero esto sucedió a finales de 1962 y principios de 1963, y nada pudimos plasmar de ello.

Desde luego, es imposible tener la certeza de lo que Lewis habría hecho con *Después de diez años* si hubiese logrado terminarla. Él mismo no lo sabía. Y eso que debatimos tantas posibles alternativas que ni yo mismo estoy seguro de cuál habría preferido él.

La siguiente «imagen», luego de la escena en el caballo, consistía en visualizar el aspecto de una Helena después de diez años de cautividad en la sitiada Troya. Claro que los autores clásicos como Quinto de Esmirna, Trifiodoro, Apolodoro, etc., insisten en que su belleza divina permaneció inalterada. Algunos escritores dicen que Menelao empuñó su espada para matarla luego de la caída de Troya, pero que al ver su belleza se le cayó la espada de la mano. Otros dicen que los soldados se preparaban para apedrearla, cuando Helena dejó caer su velo, y entonces los soldados soltaron las piedras y en vez de matarla la adoraron. Su belleza la eximía de todo: «A Hércules, Zeus le dio fuerzas; a Helena, la belleza, con la que ciertamente llegó a dominar hasta al más fuerte», escribió Isócrates. Pues, como le dije a Lewis, Helena regresó a Esparta junto con Menelao y no solo le tocó ser la hermosa reina que dio la bienvenida a Telémaco en la *Odisea*, sino que fue también adorada como diosa, cuyo santuario aún puede verse en Terapne, cerca de Esparta.

Sin embargo, la porción de la historia que sucede en Egipto está basada en leyendas, cuyos orígenes se deben a Estesícoro y que posteriormente desarrolló Eurípides en su obra teatral *Helena*, aquella Helena que jamás fue a Troya. En su trayecto a Troya, Helena y Paris se detuvieron en Egipto, donde los dioses fabricaron una copia de ella, un Eidolon, un personaje de aire que Paris llevó a Troya, creyendo que era la verdadera Helena. Los griegos terminaron luchando por este fantasma y Troya cayó derrotada. Cuando Menelao regresó a Esparta desde Troya (lo que le tomó tanto tiempo como a Odiseo), pasó por Egipto. Una vez allí, el Eidolon se esfumó y en su lugar encontró a la verdadera Helena, hermosa e inmaculada, y *juntos* retornaron a Esparta. (Esta leyenda inspiró a Rider Haggard y Andrew Lang para la trama de su novela romántica en torno a Helena en Egipto, que lleva por título *El deseo del mundo* —aunque se ambienta algunos años después del final de la Odisea—, obra que Lewis había leído y admiraba, aunque no la valoraba tanto como yo).

La idea que Lewis estaba desarrollando o, mejor dicho, experimentando, era una variante de la leyenda del Eidolon. «Desde dentro de la penumbra de aquella puerta» salió la hermosa Helena con quien Menelao se había casado —Helena era tan bella que tenía que ser hija de Zeus—, aquel ensueño de mujer cuya imagen había embelesado a Menelao durante los diez años de asedio a Troya, y que quedó cruelmente hecho trizas cuando descubrió a Helena en el capítulo 2. *Pero* se trataba del Eidolon: la historia girará en torno al conflicto entre la ensoñación y la realidad. Sería una evolución del tema de la obra de teatro *Mary Rose*, pero con un giro distinto: Mary Rose retorna luego de haber estado muchos años en el país de las hadas, pero regresa siendo idéntica a cuando desapareció. Su esposo y sus padres la recuerdan así y así anhelan recuperarla. Pero, una vez de regreso entre ellos, ella ya no encaja.

Menelao había soñado con Helena, la había anhelado, se había hecho una imagen idealizada de ella y había adorado a un ídolo falso que se hacía pasar por ella: en Egipto se le ofrece a Menelao aquel ídolo, el Eidolon.

No creo que supiera quién era la verdadera Helena, aunque no estoy del todo seguro. Pero creo que al final debía descubrir que aquella mujer madura y desgastada, la Helena que trajo de Troya, era la verdadera, y que entre ellos había verdadero amor o, por lo menos, la posibilidad de este: aquel Eidolon habría sido una *belle dame sans merci...*

Pero, repito, en realidad no sé —y Lewis tampoco— qué habría sucedido exactamente si hubiese continuado con la historia.

II
ALASTAIR FOWLER

LEWIS MENCIONÓ EN más de una ocasión las dificultades que había tenido con esta historia. Tenía una idea clara respecto a la clase de narración que deseaba escribir, a su tema y a sus personajes. Pero se le hizo imposible avanzar más allá de los primeros capítulos. Hizo lo que solía hacer en estos casos, puso lo escrito a un lado y se dedicó a otra cosa. A partir de los fragmentos que logró escribir, uno esperaría que la continuación hubiese sido un mito de gran importancia e interés general. Porque aquel oscuro interior del caballo habría podido interpretarse como un vientre materno, la salida de aquel como un nacimiento e ingreso a la vida. Lewis estaba muy consciente de este aspecto. Pero dijo que la idea del libro la provocó el breve y seductor relato en torno a la relación entre Menelao y Helena luego de haber retornado de Troya (*Odisea*, iv, 1-305). Supongo que era una idea tanto moral como literaria. Lewis quiso contar la historia del marido cornudo de tal forma que plasmase la falta de sentido de la vida de Menelao. A vista de los demás, parecería haber perdido casi todo lo que tenía de honorable y heroico; pero según él, ya tenía todo lo que valía la pena: el amor. Obviamente, para abordar así el tema necesitaba un punto de vista narrativo muy distinto del de Homero. Se hace ya evidente en este fragmento: en vez de tener una perspectiva del caballo desde el exterior, tal como vemos en el canto de Demódoco (*Odisea*, viii, 499-520), aquí se nos hace sentir algo de lo difícil que es vivir en su interior.

ACERCA DEL AUTOR

CLIVE STAPLES LEWIS (1898–1963) fue uno de los intelectuales más importantes del siglo veinte y podría decirse que fue el escritor cristiano más influyente de su tiempo.

Fue profesor particular de literatura inglesa y miembro de la junta de gobierno en la Universidad de Oxford hasta 1954, cuando fue nombrado profesor de literatura medieval y renacentista en la Universidad de Cambridge, cargo que desempeñó hasta que se jubiló. Sus contribuciones a la crítica literaria, literatura infantil, literatura fantástica y teología popular le trajeron fama y aclamación a nivel internacional.

C. S. Lewis escribió más de treinta libros, lo cual le permitió alcanzar una enorme audiencia, y sus obras aún atraen a miles de nuevos lectores cada año. Sus más distinguidas y populares obras incluyen *Las crónicas de Narnia*, *Los cuatro amores*, *Cartas del diablo a su sobrino* y *Mero cristianismo*.

¿HAS LEÍDO ALGO BRILLANTE Y QUIERES CONTÁRSELO AL MUNDO?

Ayuda a otros lectores a encontrar este libro:

- Publica una reseña en nuestra página de Facebook @GrupoNelson

- Publica una foto en tu cuenta de redes sociales y comparte por qué te agradó.

- Manda un mensaje a un amigo a quien también le gustaría, o mejor, regálale una copia.

¡Déjanos una reseña si te gustó el libro! ¡Es una buena manera de ayudar a los autores y de mostrar tu aprecio!

Visítanos en **GrupoNelson.com** y síguenos en nuestras redes sociales.

CPSIA information can be obtained
at www.ICGtesting.com
Printed in the USA
BVHW080739211022
649949BV00023B/328

9 780840 709158